目次

雷神様にお嫁入り

～神様と溺甘子育てを始めたら、千年分の極上愛を降り注がれました～

プロローグ

乳白色の薄い磨りガラスを一枚通したように、明確な輪郭をもたない色とりどりの色彩が、足元に散る。

いくつもの絵の具をのせた紙に水滴を垂らし滲《にじ》ませたような、ぼんやりとした美しさからはじまる不思議なこの夢。

いつもこのシーンからだ。

これはきっと、またあの花畑。

このはじまりを何度も夢で見ている私は、すぐに気づく。

そう意識すると、裸足の足の裏やふくらはぎに触れる、しっとりとした土や草花の葉の感触がリアルに伝わってくる。

そのうちに、視界が徐々にクリアになった。

途端に視界に飛び込む、百花繚乱《りょうらん》の色の洪水。

可憐《かれん》な花弁が一斉に風に吹かれて、カラフルな波は遥《はる》か向こうまで揺れていく。

見渡す限りの色とりどりの花畑の真ん中に、私はぽつんとひとり立っていた。

花が根を張る場所に足を踏み入れていることに罪悪感を覚えるが、退けようとしても一面の花畑のなかではその場所がない。

どうしようかと困りながら地面を眺めていた顔を上げると、着物姿の男女が少し離れた場所で寄り添い空を見上げていた。

自分も真似て天を仰いでみるが、ただ青い空が広がるばかりだ。

真夏の空に似た、強烈な青と白のコントラストに目がくらむ。

空から視線を下ろすと、いつの間にかすぐそばに大柄な男性が立っていた。

じっと目を凝らしても、男性の顔は霞《かすみ》がかかったようでよく見えない。

さっきまでは遠くから二人を眺めるだけの傍観者だったのに、私の意識は花畑に立つ女性のなかに入ったようだ。

ころりと、いとも簡単に視点が変わる、それがとても夢らしい。

「あっ……」

男性は私の足元がふらつかないように、ゆっくりとした動作で優しく自身に抱き寄せた。

途端に胸に湧く、この男性から自分に与えられている深い信頼と愛情。

私はその気遣いがとても嬉《うれ》しくて、逞《たくま》しい体に遠慮なく身を預ける。

頬に触れる着物の感触や焚《た》き込めた香の上品でスモーキーな甘い匂いまで、鮮明に感じとれる。

愛おしい。離れたくない。ずっとこうしていたい。

切ない気持ちがあふれて、涙が出そうになる。

これは……この感情は、その女性がもとからもっていたものが、私に流れ込んできているのだろうか。いま、私は彼女と完全にシンクロしている。そしてこの穏やかなひとときを享受《きょうじゅ》している。まるで自分が、もともとはその女性だったかのように。

『〇〇〇』

男性から名前を呼ばれている気がするけれど、はっきりとは聞こえない。

『〇〇〇』

微かに、今度は聞きとれたような気がする。

幸せな気持ちで顔を見ようとしても、銀の髪が風で揺れているだけで表情がわからない。

目を凝らそうと瞬きをすると、古い映写機がひとコマずつスクリーンにシーンを映すように、カシャカシャと忙しなく頭のなかに映像を流しはじめた。

大きな背中。縁側に腰かける、草履《ぞうり》を履いた自分の足元。

ご馳走《ちそう》があふれんばかりに並べられた御膳。
夜空に二つ並んで浮かんだお月さま。
離れた場所から小さく手を振る、黒髪の男性。暗雲のなかで天を走る稲光。
鮮烈な光が眩《まぶ》しくて、目を閉じた。
あれは、誰？
……だれ？
わたしは……だれ？

一章

少し塩辛く感じる平たいソーセージパティから染み出る肉汁が、口いっぱいに広がる。

それをさらに噛《か》み締めると、一気に食欲が増した。

「……ん、美味しい」

久しぶりのがつんとした濃い味に、思わず小さく声がもれた。

マフィンにまぶされたコーンミール粉が唇につくが、構わずにまたかぶりつく。

ぷるっとした目玉焼きに、まろやかなチーズ。それらがソーセージパティとあいまって、スパイシーに仕上がっていた。

もうひと口、とかじったマフィンは、病み上がりの身には堪らなくジャンクだ。

朝の混雑した通勤風景がいったん過ぎ去った、都会の駅のなかにあるファストフード店。

すぐ近くに座ったサラリーマンが、コーヒーをお供にさっそくノートパソコンを広げている。

落ち着いたといっても、店内の席は旅行客や仕事の合間と思われる人々でほぼ埋まっていた。

いまは慣れたけれど、上京した当初はこの狭い席間にはずいぶんと戸惑った。田舎のショッピングモールにあるゆったりとしたファストフード店しか知らなかった私には、軽いカルチャーショックだったのだ。

都会はとにかく人が多い。それをめいっぱい詰め込むには、この席間が正解なんだろうといまは思う。

店内には春の新作、苺《いちご》やあんこを使った甘いパイ、それに春の定番商品であるハンバーガーの広告が貼りだされていた。

ピンク色を主張した桜のデザインに、視覚からも季節の移り変わりを実感する。まだまだ朝は寒く底冷えする日もあるが、春を迎えるにあたり浮き足だつ雰囲気だ。

朝も若干、起きやすくなった。寒さでベッドから出られない、そんなふうに思う朝が減ってきている気がする。

あと少しで三月を迎えようとするいま、春の気配はもうすぐそこまで来ているのだと感じる。

先月、私は過労がたたって体を壊し十日間、入院していた。

その間ずっと、完璧に栄養を管理された病院食で過ごしていた。

食事ののせられたトレイには、【灰塚環季《はいづかたまき》】と私の氏名が記入された小さなプレートも、一緒に鎮座していた。

雪国育ちの白い肌、長い黒髪に大きいと言われる瞳。

身長は百六十センチ、体重はだいぶ落ちて不健康な痩せ方をしてしまった。

食事の味が薄い、量が少ないなど同室の患者さんたちは文句を言っていたけれど、手作りのご飯を温かいうちに食べられるなんてと、私は密かに嬉しかった。

プレートをトレイの端に寄せて、食事を前に手を合わせる。

体調はあまり良くはなかったけれど、体を休めているだけで三食運んでもらえるのは大変ありがたかった。

入院をしたことで、過労による寝不足でやつれた顔はマシになってきたし、なんだか髪にも艶《つや》が戻ってきた気がする。

そうなると、現金なものでやっぱり味の濃いものが恋しくなる。

退院したら、絶対にファストフードを食べにいこう。朝だけのメニューの、マフィンを頼もう。

家ではなかなか再現できないあの味を堪能するために、私はひたすら療養に徹した。

そんな入院生活を思い出しながら熱いコーヒーをすすると、香ばしい香りが鼻を抜ける。

お腹が膨れてきた。欲していたマフィンを無事に食べられて、ほうっと息を吐く。

足元には、大きな黒いキャリーケースがひとつ。

人からすれば、私は平日の午前中から旅行に行くか、あるいは来ているかの観光客に見えるかもしれない。

実際、似たような人が駅構内のあちこちを歩いている。

ただ、私は観光客ではない。

――実を言うとこのキャリーケースひとつが、私の全財産だ。

仕事を辞めて、アパートを引き払い、必要最低限のものだけを詰めたキャリーケースがたったのひとつ。

それだけを抱えて、いま私はファストフード店でのんびりと遅い朝食をとっている。

以前だったら、こんなふうに時間の余裕なんてなかった。

高校を卒業後、思いきって上京し就職した小さな広告代理店。

期待に胸膨らませ、入社したのだけれど……ふと気づいたら、そこは『労基《ろうき》？　なにそれ？』な、真っ黒けなブラック企業だった。

辞めようと考えても、心が萎縮《いしゅく》してしまい言いだせない。

それに……田舎で私の幸せを願っているたったひとりの身内である大切な祖母に、生活の心配をさせたくはなかった。

だから、この会社に二十四歳になってもしがみついていた。

パワハラと残業が当たり前。終電で帰宅し、また朝には出勤するという生活を続けていたら、ついに過労で倒れ入院することになってしまった。

入社し、六年目の出来事だった。

蓄積された疲労のほかに、寝不足だったり栄養不足があったり。これを機に、私の体はあちこちから一斉に悲鳴を上げはじめた。

その結果、経過観察をするため数日では退院はさせられないと、お医者さまから宣言されてしまった。

入社してからの六年間、無遅刻無欠勤。休日出勤をし、残業もするという生活を送っていたのだ。

それが、その会社内では当たり前のことだった。

誰の顔もひどく疲れていたけれど、自分が休んだら周りに迷惑がかかると思い、ずっと無理をしていた。

復帰した際に受けるであろうパワハラ部長からの罵詈雑言《ばりぞうごん》を、病院のベッドのなかでシミュレーションして覚悟をしていたら、思いもよらぬ一報が飛び込む。

なんと私の入院中に突然、会社が潰《つぶ》れてしまったのだ。

いや、正確に言えば、倒産を決めた社長だけはそれを知っていて、何もかもを投げだしてさっさと逃げてしまったらしい。

『出社してきた部長、真っ青な顔をしてうなだれていたよ』

そう教えてくれたのは、お見舞いをかねて諸々の書類を届けてくれた、女性の先輩だった。

十歳上の先輩の顔は、まるで憑《つ》き物が落ちたような明るい表情に変わっていた。私が入院する前までは目の下にクマを作り、能面のような顔をしていたのに。

にわかには信じられない話だったが、倒産を知らせる書類よりも、先輩のすっきりとした顔が真実を物語る。

私はただ驚き言葉をなくすなか、自分をこの都会に留まらせていた心の重りがふっと消滅したのを感じた。

高校を卒業して都会に出たのは、祖母の勧めだった。

『若いうちに、いろいろ見てきたほうがいい。わたしの心配はいらないから』

そう言って送りだしてくれた大好きな祖母は去年の冬、眠るようにひとり故郷で亡くなった。

葬儀があるからと休みを申し出た時の、心底いやそうな部長の顔。

私の腕にすっぽりと収まった祖母の骨壺《こつつぼ》の、一生忘れられない小ささと軽さ。

東京へ戻る新幹線のなかで感じた、漠然とした正体のわからないこれからへの不安。

足元に底知れない真っ黒な穴が開いて、それをしゃがんで覗《のぞ》き込んでいる気分だ。

跨《また》ぐことも塞《ふさ》ぐこともできず、いつ落ちるかわからない穴。

その穴を掘ったのは、きっと喪失感や寂しさだ。埋め方なんて、わからない。

唯一の身内を亡くした私は、その冬から天涯孤独というものになった。

帰る場所もなく、ただ今日を生きるために働き、過労で倒れ、なぜか同時に会社もコケて倒産してしまった。

ここに、東京に、私を引き留める理由はなくなった。

そう考えた時、私はふと見知らぬ場所に行ってみたくなった。

自暴自棄になったわけではない。

自分の世界を広げたい。と言ったほうがしっくりくるかもしれない。

『……どこか、わからないけど。自分をまた、しっかりと足元から固めていく場所を見つけたい』

そう心に浮かんだ言葉を口に出してみると、曇った空の合間に目指すべき星をひとつ見つけた気持ちになれた。

二十四歳、これから何かしたいというやる気は充分にある。まだまだ、どこでもきっとやっていける。

東京へだって、ひとりで来たんだもの。

この衝動に突き動かされる私を引き留め、考え直せと言ってくれるような友達を、働きづめだった私は得ることができなかった。

どんなに忙しくとも、もう少し自分が積極的な性格だったら友達ができたかもとは思うけれど、これればかりは仕方がない。

ずっと旅を続けて放浪暮らしをする……というのはさすがに落ち着かないので、暮らしてみたい場所をいくつか絞り込んだ。

そこを実際に自分の目で見て歩き、次の住処《すみか》を決めるのだ。

いままで使う暇なく塵《ちり》積《つ》も方式で貯められていたお金と、わずかばかりの退職金。

少額ではあるけれど、祖母に仕送りをしていたお金は手をつけられないまま残っていたし、しばらくは生活に困らないだろう額の祖母の遺産も相続していた。

それらを少しずつ工夫しながら使えば、なんとかなるだろう。

無鉄砲なのは承知のうえ。退院後、すぐにアパートを引き払う準備をはじめて、今日に至る。

とはいえ、私にはまず一番に立ち寄らなければいけないところがある。

「そろそろ、時間かな」

残っていたコーヒーを飲み干そうとしたタイミングで、数人の客が騒ぎながら入店してきた。

「さっきまで晴れてたのに～、びしょ濡《ぬ》れだ！」

「天気予報でも言ってなかったよね？」

「寒すぎ、雨がやむまでコーヒーでも飲んでようよ」

女性たちが、濡れたコートやダウンジャケットをハンカチやタオルで拭っている。

それを見ていたら、右足首の痣《あざ》がじんわりと熱くなった。

痣は朝から、ほんのりと熱をもっていた。

こういう時は、必ず雨が降る。たとえ天気予報が晴れで、降水確率がゼロパーセントだったとしても。

生まれた時から私の足首にある、竜胆《りんどう》の花に似た青紫の痣。

そのおかげで、いままで急に雨に降られて困ったことはない。

痣が熱をもった日は、必ず傘を持つようにしていたからだ。

この不思議な痣を気味悪がることなく、褒めてくれていたのは祖母や故郷の人々だった。

『これは神様のお嫁さんの、お役目の証よ。環季は立派にお役目を果たせる。だから、どこにいても……万が一、わたしがいなくても……その日は必ず帰ってきてね』

神様のお嫁さん、この痣はお役目の証。

祖母に子供の頃から言い聞かせられた、お役目の仕事。

その約束を果たすために、私は再びもう祖母のいない故郷へ向かおうとしている。


新幹線で約四時間。降り立った東北の地、そこからさらに在来線に乗り換える。

懐かしいボックス席に座りしばらく揺られていると、車窓からの景色はやがて真っ白な雪に埋めつくされていった。

ただひたすらに、窓越しに流れていく白に覆われた風景。

午後の傾いた太陽の光を受けて煌《きら》めくその輝きに、私は眩しくて何度も瞬きを繰り返す。

「……雪、やっぱりまだしっかり残ってる」

顔を近づけた窓からは、ひんやりとした空気が伝わってきた。

最近の都会暮らしで、すっかり忘れていた。それは、鼻の奥まで痛くなるような氷点下の、凍った空気の匂いを思い起こさせた。

同時に、祖母と暮らした時間がフラッシュバックする。

いつも電話では元気な声で私を励まし、心配してくれていた。

いつか……あと数年したら、故郷に戻るか祖母を東京に呼び寄せて、また一緒に生活したいと考えていたのに。

それを伝える前に、祖母は逝《い》ってしまった。病気にかかったり寝たきりになったりということもなく、ピンピンコロリと誰にも迷惑をかけず、いつもどおりに眠りにつき、そのまま逝ったのだと、お医者さまは言っていた。

私はお別れの言葉も、覚悟も、何も用意できないまま、東京でその訃報《ふほう》を聞いた。

今回の帰郷は、そんな祖母の葬儀の時以来だ。

二両編成の電車が行き着いた終点は、周りを山に囲まれた古く小さな駅。

終点まで乗ってきたのは、私だけ。

申し訳程度に雪かきがされたホームに降り立つと、電車はすぐに折り返していってしまった。

ダウンジャケットの下に厚手のニットをもこもこに着込んでいても、痺《しび》れるような寒さがひんやりと足元から這《は》い上がってくる。

駅舎は木造でかなり古い。こういったさびれた場所を好むマニアには〝秘境駅〟なんて呼ばれてもおかしくはないだろう。この佇《たたず》まいは、私が小さい頃からずっと変わらない。

壁には、朝と夕方に数本分の印字しかされていない時刻表が貼られている。経年劣化で消えかけ滲んで見えるそれも、いつまでも変えられることなく同じままだ。

底冷えする寒さに身を震わせながら、大きなキャリーケースを引いて改札を出る。

駅舎を出てすぐ目に入った、閉まったままの廃墟《はいきょ》のような商店。うんと昔はそこで切符が買えたのだと、祖母が言っていたのを思い出した。

駅前だというのに、見たこともない飲み物のサンプルが並んで朽《く》ちた自販機が、ぽつんと佇んでいる。

辺りは民家も少なくしんとしていて、知らぬ間に人類が私ひとりを残して滅んでしまったのかもしれないと、妄想が膨らんだ。

実際、この辺りにはもうお年寄りしか暮らしていない。

若い人はもっと賑《にぎ》やかで便利な場所に出て、そこで働いたり結婚したりして暮らしていると聞く。

吐いた息は白く、空に溶ける。時刻は十六時を過ぎる頃。

駅から延びた細い道、解けて再び凍った雪をジャリジャリと鳴らしながら一台の軽トラックがやってきて目の前に停まった。

「環季ちゃん、お待たせ！」

「お久しぶりです、おばさん」

「少し待たせちゃったね、出がけにばあちゃんに呼び止められちゃって。ごめんね」

私を駅まで迎えに来てくれたのは、相田《あいだ》のおばさんだった。

相田のおばさんは祖母の家のすぐそばで、旦那さんとお義母さんと暮らしている。

六十代で、昔からはきはきとした頼りになる人だ。

私のことも、小さな頃から気にかけてくれている。

祖母の葬儀の時も、右往左往する私の代わりに相田のおばさんがほとんどを取り仕切ってくれた。

もしもの時には……と、祖母からお願いされていたと葬儀の前の晩に話をしてくれた。

私に祖母の訃報を知らせてくれたのも、相田のおばさんだ。

祖母と暮らしていた古い家はすっかり片づけてしまっていたので、今回は相田のおばさんのご厚意で相田家に宿泊させてもらうことになっている。

「このキャリーケース、荷台に載せてもいいかな？」

「何も下に敷いてないから、荷物に傷がつかないかしら？」

それは構わないと言いながら、私は雪で濡れた剥《む》きだしの荷台にキャリーケースを積み込む。

道路が舗装されているのは、この辺りだけ。山道はかなりガタガタと揺れるはずだから、段差で荷物が跳ねて飛んでいかないよう、荷台にあった荷締めベルトでしっかりと固定した。

祖母がまだ車の運転ができていた頃は、うちにも軽トラがあった。

農具を載せて畑仕事にも行ったし、街まで日用品の買い出しにも行った。

荷締めベルトやシートを使ってそれらを固定するのはいつも私の仕事だったから、お手のものだ。

「さ、汚いけど乗って。寒かったでしょう」

相田のおばさんは、運転席から声をかけてくれる。

私はお礼を言って、遠慮なく助手席に乗り込んだ。

軽トラの、乗り心地より機能性を重視した内装に、懐かしさが込み上げる。

しっかりとシートベルトを締めると、おばさんは軽トラを発進させた。

「環季ちゃん、入院や会社のこと、聞いてびっくりしちゃったよ。体はもう大丈夫なの？」

帰郷するにあたり、日程の確認をするために相田のおばさんに連絡をとっていた。

そこで、勤めていた会社が入院中に潰れてしまったことを話した。

相田のおばさんは電話越しでもわかるくらい驚いて、それから私の体調や生活面をとても心配してくれた。

「ありがとうございます。体はもう大丈夫。あの職場がいきなりなくなってびっくりしたけど、精神的にはかなり楽になったんだよ」

「おばあちゃんの葬儀の時も、部長って人から環季ちゃんに電話がきてたよね。電話に向かって環季ちゃんが謝り続けてて……青い顔をして東京に帰っていくのをみんなで心配してたんだから」

「その節はご心配をおかけしました。その部長なんだけど、倒産するのを上から知らせてもらえなかったみたいで。出勤してきて青い顔をしていたって、人づてに聞いたよ」

私の話に「あらあら」なんて相田のおばさんは言ったけれど、その声色には部長に向けての同情はまったく含まれていなかった。

「そういうの、因果応報っていうのかしらねぇ」

「そういうのかな。ざまあみろ、とは思わなかったけど、これから再就職が大変そうだなってぼんやり思ったよ。私も職場がなくなっちゃったのを忘れて」

あはは、なんて相田のおばさんが笑う。私もおかしくなって、くすくす笑った。

「そういえば、環季ちゃんはこの神事が終わったらどうするの？」

部長の話だけで誤魔化そうと思っていたけれど、やはり聞かれてしまった。

「どこに住むとか、仕事はどうするとか。何か予定はあるのかしらねって、うちのばあちゃんとも心配してたのよ」

「ありがとうございます。でも、仕事も住む場所も、東京でできた友達の紹介でバッチリ見つけてあるんだ。だから心配しないで大丈夫」

「あらそう。良かったわぁ。ばあちゃんにも大丈夫だって話しておくわね」

心配させたくないという気持ちから、つい嘘《うそ》をついてしまった。ごめんなさい。仕事も住処も決まっていないです。そして、東京の友達なんてひとりもいません。心のなかで、おばさんに謝罪し手を合わせる。

陽が傾き山々は道路に影を落とし、残っている雪を凍らせる。

民家がぽつり、ぽつりと見えるが、いまから向かう目的地はまだうんと先だ。

道路わきには、退かされた雪の小山が道標のように続いている。

カーステレオから流れるラジオは、軽やかな音楽と共に交通情報を伝えていた。

「いろいろと忙しいのに、帰ってきてくれてありがとうね。でも百年に一度しか行われない神事の主役だなんて、栄誉なことよ。体調も回復しているみたいだし、環季ちゃんが帰ってきてくれて良かった」

「お役目はおばあちゃんとの約束だし、みんなも準備して待っていてくれるから。お世話になります」

本当なら神事に合わせて帰り、祖母の顔を久しぶりに見られるはずだった。

「こちらこそ。今夜は環季ちゃんがもっと元気になれるように、美味しいものたくさん作るからね！」

心配や歓迎をしてくれている雰囲気に、私は嬉しくなっていた。

「お役目、頑張ります」

祖母だけではない。私がお役目を果たすことを、いまも集落に住む誰もが望んでくれていた。

神様との仮の祝言《しゅうげん》。

頭では真似事だとわかっているけれど、少し怖い気持ちもある。

だけど約束したからには、やり遂げたいという責任感のほうがずっと強かった。

頭を下げると、相田のおばさんはハンドルを握り前を向きながら「こちらこそ」と笑った。

――これから行われるのは、古くから集落に伝わる百年に一度の〝はるおこし〟という神事だ。

厳しい冬が終わる頃〝龍〟に見立てた娘をひとり、ひと晩だけ〝天《あま》つ神様〟の仮の花嫁として嫁がせる。

龍の花嫁と仮の婚姻を結んだ神様は、春を起こし里に恵みをもたらす雨を降らすとされる。

そして仮の祝言をすると近日中に雨が降ったり、涸れていた川に水が満ちたりして、そこから春がぐっと近づくと言われている。

この辺り一帯は、昔から稲作で生計を立てている家が多い。

水は稲にとって、生育に関わる切っても切れない大切なものだ。

〝龍は天に昇り、雨と暖かな春を呼ぶ〟

龍は天まで神様に会いにいき、雨と春の到来をお願いするのだ。

そんな言い伝えから、集落では百年に一度、龍に見立てた花嫁と神様との仮の祝言を模した、神事を執り行ってきたそうだ。

未婚の若い女性が、神事の花嫁役を務める決まりだ。

今回は百年前よりぐっと人口が減り、若い人たちもいなくなった集落でどう花嫁を決めるか、みんなが気を揉《も》んだらしい。

結局、街で暮らしていた母が未婚で産んだ子供……つまり私に白羽の矢が立った。

神事の際、花嫁役には龍にちなんだ印を肌に直接ペイントする。

しかし私には生まれつき、竜胆の形の痣が足首にはっきりと浮いていたのだ。

それを見た祖母は驚き、すぐに集落のみんなに知らせた。

次の花嫁役はやはり私にと、みんなが一同にそう声を揃《そろ》えた。

『神事の頃合いになったら、その時だけ集落に戻ってくればいい』

みんな、そう話していたという。

しかし私が幼い頃、母は急に亡くなってしまった。病気だったようだ。

体調の不良もあったろうに、母はぎりぎりまで我慢をしたらしい。

幼い私を抱えての生活。病院へ行くために仕事を休んだり、私を祖母に預けたりはせず、ひとりで頑張ってしまったのだ。電話や手紙でのやりとりはしていたという。けれど母は年老いた祖母に頼ってはいけないと、無理をしたのだ。

ひとりになった私は祖母に引き取られ、山間の集落で育つこととなった。

集落の人たちはみんな優しく、私は父母がいない寂しさをそれである程度は紛らわせることができた。物心がついた時、私は祖母にこんな話を聞かされる。私は本当は双子で、きょうだいが一緒に生まれてくるはずだった、と。

母のお腹のなかで、初期の段階でその子は消えてしまったのだという。

性別もわからないまま、消えてしまったきょうだい。

その存在を思うと、愛しいような、ひとりじゃないような……そんな心持ちになったことを覚えている。

そうして車窓を流れる景色をぼんやりと眺めながら、昔のことをあれこれ思い出していると、相田のおばさんが明るい声で話しかけてきた。

「うちのばあちゃんなんて、張りきって大変よ。花嫁衣装を引き取ってきてから、打ち掛けや掛け下に綻《ほころ》びがあったら大変だ、なんて拡大鏡を使って念入りにチェックしてたわ」

「今回の花嫁衣装って、貸衣装屋さんから借りてきたの？」

私も七五三の時にお世話になった、集落の手前の街に近いお店。昔ながらのこぢんまりとした貸衣装屋さんを思い出した。

相田のおばさんは私の質問に、実はねと話をしてくれた。

「そのとおり。ばあちゃんと話し合って、一緒にあの店に借りにいったのよ。そうしたら、返さなくていいって譲ってくれたの」

「えっ、だって打ち掛けなんてすごく高いんじゃ……」

「それがね、お店を畳むからいいって。いまは街まで出れば綺麗《きれい》なスタジオつきの貸衣装屋があるんだもの、昔ながらの商売はやっていくのが難しいみたい」

年季の入った打ち掛けだけど、状態が良くて綺麗なのよと相田のおばさんは言う。

「神事が終わったら、環季ちゃんが記念に持っていっていいわよ。集落じゃこれから結婚するような若い人はいないし、うちも次の百年先の神事までなんて保存できないわ」

そう言って、からからと笑った。

雪をまだかぶった里山の風景。細い道の端に佇む、石造りの祠《ほこら》や道祖神《どうそじん》を車の窓から眺める。

茜色《あかね》の日差しが影を濃く長く伸ばし、私の心をこの風景を毎日見ていた懐かしい子供の頃に戻していった。

相田のおばさんの家は、敷地内に蔵がある立派なお家だ。

平屋建ての木造建築、防風林に囲まれた大きな古民家で、相田家はこの辺り一帯の地主さまである。

歴史を感じさせる立派な門構えの下を軽トラでくぐり、敷地へ入っていく。

相田のおばさんは、車を停めるスペースに空きがあるのを見て「あら」と声を上げた。

「うちのお父さんは、山の社《やしろ》までの道の除雪をしにいったんだけど、まだ帰ってきてないみたいね。まあ、暗くなる前には戻ってくるでしょ」

「お手数をおかけして、すみません」

なんの手伝いもしていないことを申し訳なく思い私が頭を下げると、おばさんは「何言ってるの。これは集落みんなのための神事なんだから」と言って、またからからと笑った。

そして「百年前の神事に立ち会った人が生きてないから、みんなが手探りで準備してるのよ。わいわいして活気があって、毎日がお祭りみたいだわ」と、神事の準備にみんなが楽しく取り組んでいることを教えてくれた。

祖母が生きていたら、きっと張りきって準備してくれていただろう。

そう、百年前に執り行われた神事を知る者は、もう誰もいない。書き残された神事に関する書物と、お年寄りたちが親世代から聞いたという話を集めて、今回の〝はるおこし〟は行われる。

その夜。用意された部屋で寝ていた私は、夢を見た。

この故郷の薄暗い山の麓《ふもと》の墓地で、私は「寂しい」「ひとりぼっちはいやだ」と言って、泣きじゃくる子供を見下ろしていた。

大丈夫だよ、なんて言えない。

大丈夫じゃないのなんて、わかっている。

足首に、竜胆の花の痣のある女の子。そう、この子供は私だ。それを見ている私には、小さな自分を慰めて抱き上げてあげる余裕はない。

不安に押し潰されそうになって、子供が泣いている。

これは私の心だ。私の心が、誰にもすがれずにここでひとり泣いている。

寂しいよね。ひとりぼっちはいやだよね……。

「これから、どうしようね」

言えたのはそれだけで、私は泣きじゃくる私を見つめることしかできなかった。


神事当日は、冷えた空気が煌めく爽やかな朝になった。

起きていたおばさんに声をかけて、私はここから歩いていける場所にある、祖母や母が眠る墓前に手を合わせにやってきた。

雪道の歩き方をすっかり忘れた体は、体幹が弱り足をとられよろめき、ふうふうと白い息を吐きながら進む。

「つ……着いたぁ」

雪で覆われた山の麓の、小さな墓地だ。ここに祖母と、母、母方のご先祖様が眠っている。昨日見た夢の風景と、同じ場所だ。

灰塚家と刻まれた墓石の上に積もった雪を払い落とし、その前で静かに手を合わせる。

「おばあちゃん、私、ちゃんと帰ってきました。お役目頑張るから、お母さんと一緒に見ていてね」

無職になったこと、勢いでアパートを引き払ったことはここでは内緒にしたけれど、きっと天国からは何もかもが丸見えで、すっかりバレていることだろう。

突拍子もない身の振り方を、とても心配していると思う。

「……いまはちょっとだけ、自分の存在の意味みたいなものに自信をなくしてるだけだから……そのうち現実が見えて、またどこかでしっかり働くよ」

そう声を出してみても、墓石からはもちろん、何も返事がない。それがまた、少し寂しくも感じる。

とはいえ、本当に声が返ってきたら驚くけれど。ただ、その声がおばあちゃんだったなら、話したいことがたくさんあったのに。

「……じゃあ、また落ち着いた頃に会いにくるからね」

お別れを言って、来た道をまたよろよろと慎重に戻った。

昼過ぎから、相田さんの家には集落の人たちが集まってきた。

おじさんたちはみんな、きちんと紋付袴《もんつきはかま》姿だ。この人たちが、私を山の社まで連れていってくれる。

みんなは私の顔を見るなり、「帰ってきてくれて良かった」「美人さんに磨きがかかった」なんて声をかけてくれた。

田舎の大きな家特有の連なった部屋を仕切る襖《ふすま》は外され大きなテーブルが並び、まるでちょっとした宴会場のようになっている。

そこに、おばさんや集落のおばあちゃんたちが朝から用意していた軽食が並ぶ。

私も準備や配膳《はいぜん》を手伝うと申し出たが、「環季ちゃんには大役があるんだから」とそれらは免除されてしまった。

わいわいと、お酒も飲まず盛り上がる。集落に住まう人たちが、このひっそりと続いた神事を大切にしていることがあらためてわかった。

百年に一度の神事。昔はもっと人数もいて、大がかりだったのかもしれない。

でもいまではお年寄りたちだけで、山の社までの距離を歩けず参加できない人もいると聞いた。

次の百年先の神事が執り行われるかは、誰も話題にしない。

……誰もが、今回が最後かもしれないと思っているのだろう、寂しげな空気が時たま流れる。

そんななかで空気を変えるように、相田のおじさんからも今夜の説明と最終確認がはじまった。

まだ陽が残る夕方のうちに、みんなで歩いてここを出発する。

花嫁役の私と男衆、それから介添え役の相田のおばあちゃんとおばさんとで、山の社を目指す。

男衆が迎えにいく朝になるまで、花嫁はひと晩社で過ごす。

非常にシンプル、難しいことは何もない。

「夜中に狸《たぬき》くらいは来るかもしれないが、鳴かれても決して戸は開けてはならないよ。綺麗な環季ちゃんなら狸に惚《ほ》れられて、嫁さんにと連れていかれちゃうからね」

おじさんが明るくそう言うと、みんながどっと笑う。

相田のおばさんはやれやれという顔をして、「不安になるようなことを言うんじゃないの！」とおじさんをたしなめた。

それからは部屋のあちこちで、昔自分の親世代から聞いた前回の神事の話になった。

「嫁入りの夜は、風が酷かったと親が言っていた」

「ああ、そんな話を聞いたことがあったな。花嫁役だった娘がいなくなった……みたいな話もなかったか？」

「ああ～、そんな話もしてたな。でもあれだろ、きっと好きな男と駆け落ちでもしたんだろう」

不穏な話が飛び交うなか、相田のおばさんは「大丈夫だからね」と背中をさすってくれた。

「あの、花嫁役の人がいなくなったって、本当の話？」

ひと晩、ひとりきりで山中の社に籠《こも》るのだ。

百年前の話だとはいえ、おそろしく気になって仕方がない。

「前回の記録……っていうのかな、次の神事を執り行う人へ向けた書き残しがあるのよ。そこに、【翌朝、みんなで迎えにいくと社には花嫁がいない。ただ不思議と、花の香りだけが残されていた】ってね」

「花の香り……」

その時、なぜか、いつも夢に見るあの花畑を思い出した。

「……それで、その人は本当にいなくなっちゃったの？」

「それが、その肝心なことが書いてなかったのよ。親からこの話を聞かされた子供ら……ここに集まった年寄りたちの話からすると、戻ってこなかったみたいだけどね」

きっと誰かが言ったとおり、好きな人と駆け落ちしたのよ。

おばさんは、私があまり不安がらないようにそう言った。

まだ明るいうちにお風呂をもらい、身を清める。

洗面台でしっかり髪を乾かし、支度をすると言われた奥の部屋へ向かうと、おばあちゃんたちが何人も待ってくれていた。

部屋の一番目立つところ。ど真ん中に置かれた衝立《ついたて》式の衣桁《いこう》に、打ち掛けがかけられていた。

描きだされた、鶴、亀、瑞雲、松竹梅といった縁起の良いとされる吉祥模様が美しい。

真っ白な雪の上に限りなく白色に近い銀糸で吉祥模様が刺繍《ししゅう》されていて、キラキラと障子越しの淡い光に反射して輝く。

「わ、白無垢《しろむく》だぁ……」

そばに寄って興味深く着物に見入る私に、おばあちゃんたちはニコニコとしている。

そうして自分がお嫁にきた時のことや、娘の花嫁支度の話をそれぞれが懐かしそうに口にした。

自分で足袋《たび》を履くと、すぐにてきぱきと肌襦袢《はだじゅばん》に長襦袢、掛け下までが着せられていく。

おばあちゃんたちの細い体のどこからそんな力が出てくるのかと不思議に思うくらい、腰紐《こしひも》も帯もきっちりと締められており、ぴっしりとした合わせも綺麗だ。

着つけが終わると髪を丁寧に結い上げて、お化粧もしてもらった。

赤い紅をさしてもらう時、周囲のみんなが息を止めて見守っているのがわかった。

じいっと見入って、部屋は静寂に包まれた。

「……息、息しないと死んじゃうよ？」

私がなるたけ唇を動かさないようにしてそう言うと、おばあちゃんたちは、はっとする。

そして「いま死んだら、神事どころじゃなくなって神様から罰が当たる」と大笑いした。

くだけた雰囲気のなか、おばあちゃんたちは祖母が「環季の支度をするのが本当に楽しみだ」と言っていたと教えてくれた。

「環季ちゃんは、ここのみんなの孫みたいなものだもの。一緒に支度してあげようねって話してたのよ」

うんうんと、一斉におばあちゃんたちが頷《うなず》く。

「……朝、おばあちゃんのお墓に行ってきたんだ。ちゃんと今日頑張るって伝えたから、きっと天国から見てると思う」

鼻の奥がつんと痛くなって、涙がこぼれそうになるのをぐっと堪えた。すると、おばあちゃんたちのなかからは「なら、あっちへ逝った時に叱られないように、しっかりやんないとだ！」というつとめて明るい声が上がり、また忙しなく支度が再開された。

綿帽子《わたぼうし》をかぶり、白無垢に身を包んだ私は、正真正銘の花嫁だ。

おばあちゃんたちが綺麗だと褒めちぎってくれるので、嬉しくなる。

相田のおばあちゃんとおばさんも、素早く留め袖《とめそで》に着替えていた。

用意が終わると、おばさんに手を引かれて部屋を出る。

「支度、ありがとうございました。お務め頑張ってきます」

振り返っておばあちゃんたちにお礼を伝えると、それぞれに優しい言葉をかけてくれた。

社では、持ち込むものに制限などはなかった。

ひと晩正座をして神妙にしていろと言われたら困ったが、常識の範囲内の行動なら許されると聞いた。

社は寒いのか、暗いのか、怖いのか。

とにかく気を紛らわせるものをと考えた結果、キャリーケースをそのまま持っていきたいと願いでた。

身の回りのものが入ったキャリーケースがあれば、何かあってもひと晩くらいならどうにかなるはず。

これに関してはみんなが少し悩んだ様子を見せたけれど、若い女の子をひと晩山の社に置き去りにするのは、罪悪感もあったのだろう。

悪さをするわけでもないし、私が安心するならと了承をしてくれた。

相田のおじさんの合図で、いよいよ出発することになった。

総出で雪かきをしてくれたおかげで残雪がなく、草履《ぞうり》でも足元を気にしないで歩けるのがありがたい。

目指す山の社までは、徒歩で三十分ほど。私たちは茜色の夕暮れのなかを、ゆっくりと行列になって歩いていく。

カラカラカラと、男衆の誰かが引いてくれているキャリーケースのタイヤの音が静かな集落に響く。

いまは冷たい雪景色だけれど、春が来れば緑豊かな里山の風景になる。

雲雀《ひばり》は空でさえずり、つくしが畔《あぜ》に顔を出す。山桜が花を咲かせ、暖かな風が集落を吹き抜けていくだろう。

そうして風に撫《な》でられた雪は解け、輝く水となって小川に清く流れていく。

もうすぐ、春はもうすぐやってくる。

道を慎重に進み、山の麓の石段を必死にのぼり、鬱蒼《うっそう》とした針葉樹の森の先にある開けた場所に出た。社のある境内《けいだい》に、やっと着いたのだ。

そこは、思わず身が引き締まるほど、空気がぴんと張り詰めていた。

針葉樹を揺らす風ひとつなく、物音もしない。

神気、と言ったらいいのだろうか。静かながら何かの力を匂わせる清浄で重厚な空気に満ちている。

私たちがいま、ここに立ち入っても良いのか戸惑うほどだ。

子供の頃から何度も来たことのある場所なのに、こんな雰囲気は初めてだ。

みんなが黙って息を呑《の》み、夕暮れ時の薄暗がりに飲み込まれていく境内をただ見渡した。

「さすが、特別な花嫁さんの嫁入りだけあるな」

ぽつりと、誰かがそうこぼした言葉も、静寂な薄暗がりに消えていく。

相田のおじさんが社に向かい、数段上がってゆっくりと社の戸を開ける。

パチッとスイッチを入れると、ぶら下がった電球に明かりがついた。

なかは年季の入った八畳ほどの板張りになっていて、その奥には神様を祀《まつ》る祭壇が見えた。

板の間の端に、場違いな大きなクッションや何本もの飲み物が置かれている。

「石油ストーブやヒーターも持ち込みたかったんだけど、火気はあまり使えないんだ。その代わりに、膝にかけられる電気毛布を用意したからね」

クッションのわきに、畳まれた毛布。あれが電気毛布のようだ。

「御手洗は境内に、場所は変わってないからね。コンセントはあそこ、内側から鍵をかけるのはここ」

おじさんが説明をしてくれていると、じわじわと足首が熱くなってきた。

それはいままでに感じたことのない熱さで、ズキッとした痛みを伴っていた。

「……ッ、痛っ」

「どうしたの、環季ちゃん」

そばにいた相田のおばさんが、すかさず声をかけてくれた。

「痣が、急に痛みだして……」

心配して私の顔を覗き込んだおばさんが、「えっ」と驚く。

「環季ちゃん、目が、目の色が……」

「目……？」

そう言われても、自分の目に違和感はない。

痛くも痒《かゆ》くもなく、涙が出ているわけでもない。

「目が、どうしたの？」

「赤く見えて……あれ、ごめんなさい、見間違いかもしれない」

おばさんはもう一度私の顔を覗き込み、気のせいだったと言って謝った。

足首の痣の、痛みが増す。これはきっと、天気が酷く悪くなる報せに違いない。

「……おばさん、もうみんな帰ったほうがいいかもしれない」

「あら。今晩は交代で、境内で寝ずの番をするのよ。環季ちゃんひとりじゃ心配だし、何かあったら……」

痣からの痛みが、次第にズキズキと強くなる。こんなことは初めてだ。

昔から、足首の痣が熱をもつと雨が降る。

いまはそれに、痛みを伴っていて不安しかない。

「……多分だけど、これから酷い雨が降るかもしれないの。私はひとりで大丈夫だから。いまのうちに全員、家に戻ってください」

「雨雲なんてかかってないわよ？　……でもそうね、お父さんっ」

おばさんはすぐにおじさんを呼んだ。

これから酷い雨が降るかもしれない。だからみんなは早く戻ったほうがいいと、私からもおじさんに訴える。

「……不思議な話だけど、環季ちゃんが雨が降るって言うと本当にそうなるのをみんなが知っている。その環季ちゃんがそこまで言うなら……」

みんなを集め、予定が変わったことをおじさんが伝えた。

「環季ちゃんが言うなら間違いないだろう。いまのうちに、各自で家に戻ろう」

おじいちゃんたちは、誰も見張りを残さず私を置いていくのは可哀想だ、心配だと何度も言ってくれる。

足首の痣は、さらに痛みを増してくる。

「……私は、じいちゃんたちのほうが心配だよ。何かあったら、いやだよ」

そう言うと、みんなは黙ってしまった。

「一度家に帰って、車で戻ってくるよ。境内には入れないけど、石段の下に停めた車のなかでひと晩、待機してる。スマホも繋《つな》がるし、それならどうだろう?」

相田のおじさんの代替案に、みんなはそれならと頷く。

そんな話をしている間に、さっきまでしんと静まりかえっていた針葉樹たちが、一斉に風で揺れはじめた。

誰かが、「雨の匂いがする」と言いだす。湿気をわずかに含んだ風が吹き抜けて、私たちは無言で顔を見合わせた。

「環季ちゃん、何かあったらすぐに電話してね。必ずよ」

「たまちゃん、おばあちゃんいつでも飛んでくるからね」

相田のおばさんとおばあちゃんが、私の手をしっかりと握ってくれた。

「ありがとう。ひと晩だけだもん、大丈夫。いろいろ準備してくれて、ありがとうございました。さあ、急いで戻って！」

社から出た人が、すでに真っ黒な雲に飲まれた空を見上げる。

境内は徐々に空を覆う暗闇に包まれていき、人間の干渉が及ばないその雰囲気に全員が不安の色を浮かべる。

「環季ちゃん。ひと晩、よろしくお願いします」

相田のおじさんはそう言って、社の戸を静かに閉めた。

みんなの話し声、足音が遠ざかっていく。

風が強く吹きはじめたけれど、雨はかろうじてまだ降ってきてはいない。

どうか、みんなが帰宅するまでは降りださないようにと、私にはただ祈ることしかできない。

それからいまのうちにと、持ってきてもらったキャリーケースからスマホを取り出した。

「充電は平気そう……電波も大丈夫だ」

ごうっと風の音がひと際強くしたかと思ったら、社の戸がガタガタと揺らされた。

足袋越しに板の間の下から冷たさがせり上がってきて、無駄にウロウロしてしまう。

そのうちに、パタパタパタパタッと銅板の屋根に雨粒が強く当たる音がした。

「あっ……」

間もなく、バケツの水をひっくり返したようなゲリラ豪雨になった。

みんなは多分、帰り道の途中でこの雨に降られて濡れてしまっただろう。

『嫁入りの夜は、風が酷かったと親が言っていた』と誰かが言っていたけれど、今回は風に雨も足されて大荒れになるに違いない。

神様をまったく信じていなかったわけではないけれど、実際にその力や存在のようなものを感じると少し恐ろしくなる。

そんな神様の、仮とはいえ私が花嫁役だなんて。お気に召されなかった結果の大雨なんだろうか。

「ふつつかな花嫁ですが、今夜だけですから……どうかよろしくお願いします！」

神様に聞こえるよう声に出してお願いしてみても、雨がやむ様子はない。

むしろ、余計に酷くなっている気がする。

どど……っと滝のように雨が降る。

雨樋《あまどい》からジャーッと激しく雨水が放出されている音が、社のなかまで聞こえる。

社には窓がないので、悲惨な状況を音だけで想像するしかない。

固唾《かたず》を呑んで嵐が収まるのを待っている間も、容赦なく雨風が社を叩《たた》く。

煽《あお》るように雷まで鳴りだしたかと思ったら、ついていた電球の明かりがふいに消えた。

真っ暗な社の端っこで、私はこの世の終わりを感じていた。

「今回の神事は……花嫁は私なんです、私しかいなかったんです。代えられないんです……！　ごめんなさい」

もはや懇願、神頼みだ。

しかし神様は、今回の花嫁役である私をお気に召さないようだ。

この社の真上に雷雲が留まっているようで、近くにドーンッと雷が落ちる。

地を揺らす衝撃が、社の板の間にうずくまる私にもビリビリと伝わってくる。

「ごめんなさい、ごめんなさい、ごめんなさいっ」

そう呟《つぶや》き続けているうちに、ふと腹が立ってきた。

仮初《かりそ》め、ひと晩だけの形式的なものだとしても、たとえ気に入らなかったとしても、自分の花嫁役にこんな仕打ちってある……？

そんな腹立たしく思う気持ちが収まると、次に襲ってきたのは、悲しい気持ちだ。これがたとえ神様の干渉のない自然現象だとしても、怯《おび》えて謝り倒している自分がだんだん可哀想になってきた。

ここにわざわざついてきてくれたみんなだって、この嵐でびしょ濡れだろう。転んだりしていないか心配だ。

ビリビリッと空気を裂き、ドーンッと地上へ繰り返し雷が落ちる。豪雨、強風、落雷。どれも人の力の及ばない強大な現象で、私が太刀打ちできるものではない。

さっきから痣の痛みは治まらない。仕事の激務で積み重なった不満や、祖母が亡くなりひとりになってしまった不安。これまでずっと溜《た》め込んできたそれらを、なぞっていくような時間だった。解消法がわからず、心の奥底に隠してきた大きな孤独。私はいま、それらとこの悪天候をすべて神様のせいにして当たってしまおうとしているのだと、自分でもわかっていた。

「……神様のバカ！」

そう言ってはみたけれど、気持ちはまったく晴れはしない。それどころか今度はまた、不安な気持ちが私にのしかかる。

「……いっそ……おばあちゃんのところへ連れていってください……。もう、ひとりはいや……怖い……おばあちゃんっ」

そう呟いてしまったら、涙がボロボロと流れ出てきてしまった。

私を撫でてくれた、小さくて皺《しわ》くちゃの優しい手の感触を思い出して、ぎゅっと目をつむる。

その時、老朽化した社の戸が強風に耐えきれずに大きな音をたてて外側から開いた。一気に風と雨が吹き込んできて、泣きながらキャリーケースを引きずって奥の祭壇へとあとずさる。

あっという間に板の間は水浸しになり、風で煽られた戸がバタンッバタンッと開閉を繰り返す。

着ていた白無垢は、裾から水を吸って濡れはじめていた。

「お着物が、どうしよう」

うろたえている間にも、風に煽られた戸の開閉は止まらない。

再び戸が全開になった時、辺りを真っ白にするほどの、眩《まばゆ》い金色の稲光が走った。

するとその光のなかからぽろりとモフモフの犬が一匹転がり落ちて、私に向かって嬉しそうに飛びついてきた。

「い、いぬ？」

——次の瞬間。

耳をつんざくほどの爆発音。キーンと耳鳴りがして、頭のどこかで、社の目の前に雷が落ちたのだと悟った。

すべての動きがスローモーションになる。

白い世界のなかで、私は次第に遠くなっていく意識を手放した。


……嗅《か》いだことのあるような、花と土の匂いで意識が浮上していく。

まぶたの裏は明るくて、眩しい。

まるで花屋さんの店先に立っているように様々な花の香りがするが、自分の周りだけは様子が違う気がする。

身動《みじろ》ぎをすると、かさりと音がした。枯れた植物を押し潰した時にするような音だ。

それからすぐに、激しい頭痛が襲ってきた。

「……、うぅ」

誰かが痛みで呻《うめ》く私の頬を撫でて……あれ、指にしてはなんだか変な感触だ。

ハァハァと、荒い息遣いも聞こえる。

「……な、何」

まだ目が開けられないまま恐怖から逃れようと顔を背けると、しっかりした力で誰かに抱き起こされた。

「……こら。花嫁殿が困っている」

低く、男らしい凛《りん》とした声。

体が支えられたせいか、さっきより頭痛が楽になった気がする。

「ワンッ！」

「……いぬ、の鳴き声……？」

痺れていた頭の芯《しん》が、感覚を取り戻してきた。耳鳴りも、次第に消えていく。

私、どうしたんだっけ……。

社の前に大きな雷が落ちて、それから……。

……犬を散歩中の人に、助けられたの？

怖いけれど、自分が置かれた現状を確かめるために、そろりと目を開けた。

――そこには、さっき見た金色の稲妻と同じ色の、魅入ってしまいそうな瞳の……人とは思えないほどに美しい男性が、私の顔を覗き込んでいた。

「……あ」

言葉が無意識にこぼれた。

男性は私の声に一瞬ぴくりと反応したように見えたけれど、無言のままじっと見つめている。

金色の瞳は強い眼差しを放ち、凛々《りり》しい眉とあいまって美しく、私の視線は囚われて離せなくなってしまう。

筋のすっと通った高い鼻、結ばれた形の整った唇。すべての顔のパーツが神がかり的なバランスで配置されている。

男性らしい逞しさ、そこに眩い神々しさを感じるほどだ。

黒髪だが、少し長い襟足だけが金色に輝いている。それが男性の着ている藍色の上等そうな着物にとても映えていた。

こんな綺麗な男性、見たことがない。

男性が瞬きひとつすると、パチパチッと心の奥で火花が弾ける感覚がする。くすぐったくて、不思議な気分だ。

男性の雰囲気や髪や瞳、容姿をたとえるならば、漆黒に呑まれた空と、それを鋭く切り裂く金色の稲妻みたいだと思った。

そう頭に浮かんだ時、さっきまでの社での出来事を思い出した。

体がぶるりと無意識に震え、恐怖の記憶が蘇《よみがえ》る。

男性の肩越しに見える青い空。むせ返りそうな花の香りをのせた風が吹く。

夜の、しかも大嵐の真ん中に放り込まれたような社とは、あまりにも風景が違いすぎだ。

……もしかして。……これは、私は死んでしまったのかもしれない。

落ちた雷に感電したのか、それとも逃げようとして転んで頭の打ちどころが悪かったのか。

私を見つめ続ける美貌《びぼう》の男性の存在が、この考えを確信に変えていく。

細められた金色の瞳はまるで愛おしい人でも見ているようで、思わず自分がそう想われているのだと勘違いしてしまいそうだ。

「……ずっと……会いたかった」

どきりと、胸がときめきで跳ねる。

しかし男性は私にうっとりと呟いたあと、慌てた様子で「かもしれない」とつけ加えた。

ときめきで軽やかに跳ねた心が、どすんと音を立てて着地した。

「……かもしれないって、人違いでしょうけれど……ちょっと……」

ここはあの世なのだろうから、死にたてほやほやのいま、少しくらいはそのまま甘い気持ちでいさせてもらいたい。

ときめきを返してほしいと無言で男性を責めると、「すまん」と謝ってくれた。

すっかり自分は死んだものだと思い込んでいたけれど、どうやらそれは違うらしい。私が目覚める前まで轟《とどろ》いていた雷の様子を話したのだけれど、それでも私は死んでいないと、男性は言う。

「俺の屋敷へ行こう。花嫁殿を滞在させる用意はすぐにできる」

「花嫁……えっ、花嫁?」

「貴女は、〝はるおこし〟の、龍の花嫁だろう?」

あまりにもいろいろありすぎて、お役目を一瞬忘れてしまっていた。

「あっ、そうだった」

すっとんきょうな返事をした私に、男性は小さく笑った。

この男性は、小さな集落のなかだけで伝わる〝はるおこし〟の神事を知っている?

どうして、と聞こうとしたタイミングで男性が空を見上げた。

「とにかく、いつまでもここにいると、本当にあの世に行くことになってしまう」

その目線につられて私も空を見上げると、人の大きさほどの綺麗な鳥がくるくると旋回していた。

「すごく大きな、綺麗な鳥」

そう言う私に、男性はもっと鳥をよく見るようにと勧める。

言われるままに、じいっと目を凝らす。

大きな鳥が低い位置まで、まるで私にその姿を見せつけるように飛んでくる。

「……うそ」

大きさで言えば、その生き物はほぼ人間と同じだった。

心臓がいやな風にドキドキしている。冷や汗が額に浮かぶ。

目をそらしたらいまにもすぐそばに降りてきて、私の顔を覗き込んできそうで怖いと思ってしまう。

大きい鳥だと思ったそれは上半身が人間で、ほかは鳥のように羽毛が生えた姿をしていた。

背中に生えた大きな翼を羽ばたかせて、明らかにこちらに興味をもって頭上を旋回しているのが恐ろしい。

その生き物は、私に向かってにんまりと白い顔で笑っているように見えた。

これは夢なのだと、自分なりに結論づけた。

私たちの頭の上で歌いながら飛び回る奇妙な生き物を見たら、どう考えても夢なんじゃないかと思ったのだ。

ここは夢で見るあの場所によく似ている。見渡す限り咲き乱れる花。ただ、どういうわけか私の周辺だけは枯れてしまっているのだけれど……。

死んだあとのあの世ではなく、私がいつも見る夢のなか。

男性は自分の屋敷へ行こうと言って、返事を待たずに私を抱き上げた。

「きゃっ」

声を上げて驚いてしまったが、男性は落ち着いた様子で私をしっかりと抱えた。

このままここにいたら、あの生き物はもっと近くまで来る可能性があるという。

自分の夢であってもコントロールが難しそうだから、いまはこのまま男性に任せてしまおうと思った。

そうしてその逞しく安定感のある腕のなかで、もっとこの夢の景色、花畑以外の風景をしっかりと見ておこうと決めた。

目が覚めるまでのちょっとの間だけ。夢のなかだけでも、お姫さまみたいな体験をしたい。夢のなかならそう願ったって、罰は当たらないだろう。

私とキャリーケース。合わせるとどのくらいの重さなのか可視化はしたくないけれど、軽くはないはずなのに男性は軽々と抱えて歩いている。

男性が立ち上がってわかったけれど、この人はものすごく長身だ。

しかもこうして抱き上げられると、しっかりと筋肉がついていることがよくわかる。

「私、やっぱり自分で歩けます。重いと思うし、歩きづらいでしょう？」

「まったく重くなんて感じない。むしろ心配になるくらい軽い。屋敷に帰ったら美味いものをたくさん用意させるよ」

そう言ってふっと笑った男性は、逞しくて完璧な和風の王子さまだ。

間近で話をして気づいたけれど、大きくて立派な犬歯がまるで牙みたいで、笑うとちらりと見える。

チャーミングポイントとでもいうんだろうか、それがとても魅惑的だ。

私はずっと、こんなふうに誰かに大事にされたり、守られたりしたいと心の底では思っていたのかもしれない。

「守られて、美味しいご飯の約束まで……夢から目覚めたくないなぁ」

せめてご飯を食べるまでは……と繰り返し言うと男性は、あははと笑った。

あの花畑からしばらく歩いて離れると、今度は木々が立ち並ぶ風景が広がっていた。

驚くほど高くそびえ立つ木々の並木に入る。

まるで映画や、ゲームのグラフィックのワンシーンだ。

樹木のてっぺんまでは、何十メートルあるのだろう。それに、人が数人手を繋いでも一周できなそうなほど太く立派な幹。

太古からそこに存在する佇まいで、並木や巨大な森を形成している。

ここまで風にのって微かに花畑から香りが届いているけれど、それより深く新緑の濃い匂いがした。

ざっざっ。私を加えた重さなんて感じさせないほどの軽快な男性の足音に、やたら音がリアルだなと思いはじめていた。

そっと顔を上げると木漏れ日が男性の顔にかかって、白い肌が光って見える。

毛穴なんて一切見えない、まるで加工したみたいな完璧な美肌に混乱する。

風や匂い、そして音も本当に怖いくらいにリアルだ。密かに握ったり閉じたりする自分の手の感触もぼんやりとなんてしていない。

限りなくクリア、目が覚めている時と同じ感覚だ。

だけど目の前の男性は人間離れした美しい姿をしていて、それが混乱を加速させる。

私はどういう状態で、これからどうなるんだろう。

いや、夢だ。こんなにかっこいい人に抱き起こされて助けられるなんて、まるでお姫さまみたいなシチュエーションだもの。

やっぱりこれは夢で、起きたらその日暮らしがはじまるのだ。不安だけど……きっとどこかに私の居場所があるはずだ。

いまはゆっくり、二度とお目にかかれない絶世のイケメンのお顔を見せていただくとしよう。

「……俺の顔に、何かついているか？」

気まずそうに、男性が私に聞いてきた。

「いえ。完璧な目鼻のパーツが、黄金バランスで配置されているだけです。夢から覚めたら二度と見られないかもしれないので、ご尊顔をしかと目に焼きつけておこうかと……」

遠慮なくじいっと見つめると、男性は私の夢らしからぬ照れた様子で、静かに向こうを向いてしまった。

二章

その朝。俺は、いままでに感じたことのない胸騒ぎがして目を覚ました。

そわそわと胸の奥が騒がしく、締めつけられる不思議な感覚。

吐き気とは違うし、体調が悪いわけでもない。

いつもどおりの自分なのに。

それは、これまでずっと足りなかった何かを突然、心が求めているような気分だった。

腹は減ってはいない、なくしものをしたわけでもない。

「寝不足か……？」

この初めての感覚に戸惑うが、解決方法がまったくわからない。

原因も思い当たらず、ただただ胸に手を当てたり、その手をじっと見つめたりを繰り返す。

そこで開いた手のひらが、何かを、誰かを捕まえたがっている。

気づくと目線はそれを探すようにさまよい、足は屋敷を出てどうしてかあの花畑へ向かっていた。

まるで、何かに呼ばれているようだった。

たどり着いた先、見渡す限りの花が咲き乱れる畑のなかで、すぐに違和感に気づいた。

目を凝らせば、遠くに雷獣の振る白い尻尾と……枯れた花に埋もれた白い着物、はだけた足が見えた。

どきり、と強く心臓が脈打つ。

高揚感が湧き上がる。

それからはただ、必死で駆け寄った。


そこには、白無垢姿で倒れ込む娘の姿があった。

透きとおるような白い頬。閉じた瞳を囲う濃く長い睫《まつげ》毛が、震えている。

長い黒髪がさらりと散り広がり、白い打ち掛けとのコントラストに目を奪われた。

ぽってりとした、赤い紅がひかれた唇。形のいい眉を眉間に寄せている。

雷獣は、雷を落とした際に時たま発生する犬に似た妖《あやかし》だ。

その雷獣が、尻尾を振って娘の頬を舐《な》めて起こそうとしていた。

「……な、何」

娘は目を閉じたまま、顔を仰け反らせて小さく声を上げている。

意識がはっきりはしていないようだ。

白無垢姿の娘、その周りは、世界が繋がる時にだけ咲く青い花が役目を終えて枯れている。

はだけた足首には……見覚えのある、あの竜胆の痣が浮かんでいた。

その光景を見て、いくらか前にも同じことがあったのを思い出してどきりとした。

……そうか。今日がその日だったか。

どうにも、人間たちの住まう世界と、ここの流れる時間の差にいまさらながら驚く。

それにしても、この新たな雷獣はこの娘と一緒にやってきたんだろうか。

力の源、主である俺を気にするよりも、この娘のことが心配らしい。

そばを離れることなく、心配そうにまたぺろぺろと白い頬を舐めている。

綿あめに似た雷獣の白い体、頭を撫でてやると尻尾を思いきり振って喜んだ。

それから、聞こえてはいないかもしれないけれど、目を閉じたままの娘に小さくひと声をかける。

「……体を起こすのに、少し触れるぞ」

俺は倒れたまま身をよじるその娘を、そうっと抱き起こした。

人間でも妖でも、女性は少し苦手だ。

かなり大柄な自分に比べて体は華奢《きゃしゃ》だし、そうでない場合、例えば大きな妖の女性でも壊れてしまいそうな繊細な心を秘めている。

どんなに明るくおおっぴらでタフな女性にだって、砂糖菓子でできたような、簡単には触れてはいけない心の一部があると。

そう教えてくれたのは、兄貴分にあたる〝あいつ〟だ。

『心だけではなく、体にだって、同意なしで気安く触れてはいけない』

『だけど、何も言われなくても、そうしてほしいという無言のシグナルを出している時は、それを見逃しちゃだめだ』

そんな余計なことまで教えられ、あの頃は「触ってはだめなのか、いいのか。どっちなんだ」「いったい、何を言ってるんだ」と思ったけれど。この教えは、いまでは自分以外の存在と関わりをもつ際、大いに役に立っている。

だから目の前の娘から返事がなくても、きちんと声をかけた。

力加減に気をつけながら娘の細い体に触れた途端、一気に心が満たされた感覚がして驚く。

体中の神気が、血液のなかで沸騰しているようだ。

思わず触れる手に力が入り、いまだ目を開かないその顔を覗き込んでしまった。

「なんだ……これは」

二人の間を、柔らかな風が吹き抜ける。

眉間に皺を寄せていた娘の顔がふっとゆるみ、強くつむっていたまぶたがゆっくりと開く。

「……あ」

まるで、膨らんだ石楠花《しゃくなげ》の蕾《つぼみ》が花開くように。

熟れた柘榴《ざくろ》にも似た美しく暗い赤の色彩に、一瞬にして囚われた。

鈴のような声で驚きを発し、その瞳がみるみる不安に揺れた。

俺は目を奪われたまま、無意識に言葉を紡いでいた。

「……ずっと……会いたかった」

自分から出たその言葉は、心の真ん中を震わせる。

会えたと心が喜ぶが、その理由がさっぱりわからない。

おかしいと、これ以上の気持ちを言葉にするのを、もうひとりの自分が制止する。

俺が……心が震えるほど会えて嬉しいと思うなんて。

娘とは、初対面なのに。

はっとして、慌てて言葉を無理矢理に続けた。

「……かもしれない」

誤魔化し方の下手さに、つい真顔になってしまった。

「……かもしれないって、人違いでしょうけれど……ちょっと……」

失礼ではないかと、無言で責められる。

「すまん」

そうなると、落ちるのは沈黙だ。

抱き起こした側と、抱き起こされた側。そのまま、お互いが相手の次の言葉を待つ態勢に入ってしまった。

娘は緊張からか体をこわばらせ、腕のなかで俺の顔をまじまじと見てくる。俺もその瞳から目が離せない。

「あの、ごめんなさい。やっぱり私たち、初めてお会いしましたよね……？」

娘が目を覚まし声を発したことで喜んだ雷獣が、俺たちの周りを駆け回っている。

「……ああ、初対面だ。さっきのは、貴女が目を覚ましたのを見て、ほっとして変なことを口走ってしまったようだ」

気にしないでほしいと言うと、娘は神妙な顔をしつつも、こくりと頷いた。

雷獣が、娘の肩に前足をかけて顔を近づける。

「あっ、このこ……雷から飛びだしてきたんです。犬……なのかな。ああ……そうだ、私、あの時頭が真っ白になって……」

まだ混乱しているようで、思い出したことをそのまま言葉に出して状況整理をしようとしている。

細い指で少し乱れた黒髪を耳にかけ、ふっと周辺を見渡した。

「……ゆめ、夢でこんな景色を繰り返し見ていて……」

「夢？」

景色と俺の顔を交互に見て、「ああ」と納得したように頷いた。

「ここって、あの世ってやつなんでしょうか。私、雷が目の前に落ちて驚いて……びっくりした拍子に転んだりして、打ちどころが悪かったのかな。それとも感電したのかも」

頭をさする娘は、意外にもさっぱりした様子だ。自分は死んでいるかもと言いながら、慌てたり嘆いたりする様子がない。

「あの世は、あっち。もっと先に行った場所で……」

「あっち？　ここは違うんですか？　恋人もできないまま死んだから、特別サービスですっごいイケメンが迎えにきてくれたのかと思った……」

「すっごい〝いけめん〟って、なんだ？」

聞いたことのない言葉の意味を知りたくて、なんだと聞いてみた。

「……イケメンって言葉、あの世にはまだないのかな。イケてるメンズ、って意味だったはずです」

「いけ……めんず？」

まったくもってわからない。そんな表情を浮かべると、娘は「えっと」とさらに説明をしてくれる。

「顔面の魅力が天元突破《てんげんとっぱ》してる、素敵な男性って意味です。突き抜けて容姿がいいというか……なんで私、死んでからこんな説明してるんだろう」

娘は俺の顔を、まじまじと遠慮なく見てくる。そのうちにこっちが気恥ずかしくなり、思わず目をそらしてしまった。

どうやら、娘は自分を死んだものだと思っているようだ。

「死んでない、生きてる」

「生きてる……？　じゃあここは、っていうか、あの、あなたはっ……誰？」

いまさら慌てて、俺の腕のなかで再び体を硬くした。

人ならざるほどの恵まれた大きな体躯《たいく》。稲光を思わせる金の瞳。見知らぬ、しかもこんな姿の大男に抱き起こされていたら、それはパニックにもなるだろう。

娘は顔を真っ赤にしながら、視線は状況を確かめようと忙しなくさまよっている。

「あっ、わかった！　夢ですね、いつも見る夢がバージョンアップしたんだ」

これだ！　正解でしょう？と、パッと笑みを浮かべた。

くるくると変わる表情が可愛らしい……と思ったら、胸がぎゅうっと苦しくなる。

やっぱり、俺は体調がおかしいのかもしれない。

「俺の屋敷へ行こう。花嫁殿を滞在させる用意はすぐにできる」

「花嫁……えっ、花嫁？」

「貴女は〝はるおこし〟の、龍の花嫁だろう？」

娘はきょとんとして、それから「あっ、そうだった」と声を上げた。

「とにかく、いつまでもここにいると、本当にあの世に行くことになってしまう」

頭上を見上げると、いつの間にか極彩色をまとった大きな鳥が旋回していた。

つられて見上げた娘は、ほうっと息を吐いた。

「すごく大きな、綺麗な鳥」

「よく見て、本当にただの鳥に見える？」

俺たちが見上げているのに気づいたのか、鳥が悪戯《いたずら》に高度を下げた。

「……え、あ、何あれ……人ですか？」

大きな鳥に見えたものは、上半身だけは人間、下半身は鳥類という姿の怪鳥だ。背中には大きな翼が生えており、自由に空を飛んでいる。

中性的な人間の顔が、俺たちを見てにんまりと笑ったように見えた。

そこに明確な感情があるかは、わからない。

「あれは、迦陵頻伽《かりょうびんが》……極楽に住まう鳥だよ。人ではない。あれに気に入られたら、あの世に連れていかれるかもしれないぞ」

サアッと娘が顔を青くしたので、抱き抱えたまま立ち上がる。

「きゃっ」

「さあ、もっとあれに興味をもたれてしまう前に離れよう。花嫁殿の履きものも見当たらないし、このまま抱えていく。ほら、お前も行くよ」

雷獣に声をかけると、大きな荷物のそばで吠《ほ》えた。

「あっ、私の全財産っ」

「全財産か。なら、置いてはいけないな」

娘を抱え直し、荷物の取っ手を引き伸ばして肩にかけるようにして歩きはじめる。

自分で歩くと娘は言うが、下ろした途端に迦陵頻伽にかっさらわれてしまいそうだ。

それを伝えると、「少しの間、安全な場所までお願いします」と頭を下げた。

「重くてすみません。まだ頭が混乱していて、理解が追いつかなくて……名乗り遅れました。私、灰塚環季といいます」

「たまき……」

「……はい。あっ、かりょうびんがが……歌を歌ってる……？」

環季は、遥か頭上を飛ぶそれを視線にとらえて離さない。

迦陵頻伽も、美しい歌声で環季の興味を誘っているのだろう。

今日は一段と熱心に声高らかだ。

「やっぱり、夢のなかなんだわ……。すごいイケメンに、変な鳥、雷から飛びだしてきた可愛い犬なんて……」

ぽつりと呟く環季に、これからこの世界をどう説明しようかと考える。

同時に、自分の足取りが明らかに軽くなっているのが不思議だった。

花畑から森を抜けて屋敷まで帰ってくる間に、環季はこれが夢ではないと気づきはじめたようだ。

神妙な顔をしながら考え込んだと思ったら、じっと俺の顔を見ていた。

屋敷へ帰ると、俺に抱かれた環季を見て使用人たちは大騒ぎだ。

「大殿、そのお方は？」

「大事な花嫁殿だ。前回の〝はるおこし〟から百年が経っていたぞ。いまかいまかと待っていたはずなのに、うっかりしていた……」

「ああ！　そうですね、そうでした。大殿も天つ神のお務めの傍《かたわ》ら、いろいろとお忙しくしていらしたんです、仕方がありません」

環季は、俺をかばう使用人たちの容姿を見て驚いている。

なんせ、うちの使用人たちは全員、人に似た容姿をしているが人とは違う。

獣の耳や尻尾が出ていたり、肌の色や質感が人のそれとは違う者がいたりするのは、全員がなんらかの妖だからだ。

「……ゆめっ、やっぱり、夢？　由緒ある旅館みたいに綺麗なお屋敷に、人とは違いそうな方々が……」

黒塗りの柱に白塗りの壁、吹き抜けた路地玄関、ひたすらに大きな和風の屋敷だ。

旅館と思うのも無理はない。

「世界が違うだけで、これは夢じゃない。ここにいる者、この世界に住まう者は人間とは姿は違うが皆、気のいい奴らだよ」

俺の言葉に、使用人たちが「あら～」なんて声を合わせて照れている。

環季は驚きはしているようだが、不思議と怯えた様子は見せない。

「環季は……人と違う者と対峙《たいじ》しても、悲鳴を上げたり怖がったりしないのか？」

「それが、不思議と怖いとは思いません。それより、あの、恥ずかしいので……下ろしてもらってもいいですか」

「……あっ」

あまりにもすっぽりと環季が収まって馴染《なじ》んでいたので、下ろすのをすっかり忘れていた。

環季を荷物と一緒にそうっと上《あ》がり框《がまち》の板の間に下ろす。

ふっと軽くなった腕が少し寂しいが、環季は自分の足でしっかり立てているようで良かった。

雷が目の前に落ちた、なんて不穏な話をしていたから、実は痛めたところがあるんじゃないかと心配していた。

「さあ、環季。今回、龍の花嫁をもてなすのは俺なんだが……恥ずかしながら仮の祝言の準備がまだ整っていないんだ」

「準備、ですか？」

「ああ。花嫁殿をひと晩もてなし、翌朝には元の世界に帰すのだが……事情があってその準備が整わず、しばらくは帰せそうもない。環季はとにかくいま、一番何をしてほしい？」

食事の用意？　風呂を沸かそうか？

百年前に行った〝はるおこし〟の見よう見真似だが、花嫁殿をもてなさなければいけない。

使用人たちも、環季の願いを叶《かな》えようと言葉を待っている。

「あ、あの……」

「うん？」

「私、しばらく帰れないんですか……？」

環季の声は、涙と不安で震えていた。

泣きだしそうな環季を連れて、俺は自室へと急いだ。

使用人に温かな飲みものを頼み、できればすぐに運んでほしいとも伝えた。

俺の自室で、環季はぼんやりと黙り込んでしまっている。

顔面は蒼白《そうはく》で、いつの間にか唇からは紅が落ちていた。

パニックを起こし、逃げだそうとしてもおかしくないこの状況を必死で耐えているのだろう。

策もなく慌ててひとりで逃げだせば、花畑で見た迦陵頻伽に連れ去られるかもと、考えているのかもしれない。

華奢で頼りない容姿ではあるが、心中はなかなかに思慮深く、肝《きも》が据わっているのかもしれない。

丸窓の障子を通して、昼の光が淡く差し込む。

飾り気もない、畳敷きの広くシンプルな和室はいつものように静かだ。

どう話をすればいいのかと迷ったが、とにかく環季が落ち着くならいくらでも時間をかけよう。

自分が置かれた状況がまったくわからないというのは、とても恐ろしいことだろうから。

「突然、こんなことになって驚いていると思う」

環季は、うつむいていた顔を上げた。

「俺の名前は、犬飼雷蔵《いぬかいらいぞう》という。人ではなく、妖や神の部類にあたる存在だ」

「妖や……神様？」

「ああ。日本には八百万《やおよろず》の神がいるから、そのなかのひとりだと思ってくればいい。けれど極端に畏《おそ》れて敬う必要はない」

だから安心してほしい、と伝えても、環季の緊張が簡単にとけるわけではない。

自己紹介をしたことで余計に身構えてしまっただろうか。

「知りたいことがあれば、答えられる限り教える。それに、人の姿とは違うが、この屋敷の者たちは環季を歓迎している。危害を加えようなんて者はいないから安心してほしい」

屋敷の主である自分が言うのだから間違いないと、念を押した。

「本当に、いい奴ばっかりなんだ。俺にはもったいないくらいで」

「あ……っ、そ、そうなんですね」

「今回だって、もうすぐ〝はるおこし〟だと、それを待ち望んでいたはずなのに……日々のお役目に追われて失念していたのを、誰も責めない」

頭を抱えたくなる事案だ。〝あいつ〟に知られたら、まだまだ若造だとからかわれてしまう。

「誰にだってそういう時はあります！　人間だってヒューマンエラーなんて言ってい

ますし。完全に間違いをなくすことは難しいです」

俺の情けない話が効いたのかはわからないが、環季は励まそうとしてくれる。

「わ、人間と神様を同じように語ってしまいました……失礼いたしました」

「いい、構わない。それより俺は神様なのに、うっかりしていてがっかりしないか？」

「しません！　それに、犬飼さま……が助けてくれなかったら、かりょう……なんだっけ、とにかくあの鳥に私はさらわれていたかもですから」

あの時は胸騒ぎと謎の高揚感にかられて駆けだした。その結果、環季を見つけたわけだが……なんだか恥ずかしいから、それは隠しておくとする。

「そうか。そう言ってもらえるとありがたい。人の優しい言葉には、神を助ける力がある」

なんですか、それ。なんて、環季が初めて笑顔を見せた。

自分が笑わせたんだと思うと、喩《たと》えようのない堪らなくくすぐったい気持ちが湧く。

普段、屋敷の者以外の前では、俺はいつも冷静沈着に振る舞っている。

だから初対面の人間、環季の前で、素の自分を出しているのは不思議だ。

環季は少し気がゆるんだのか、おずおずと話をはじめてくれた。

「……聞いてなかったんです。ただひと晩、花嫁は社に朝まで籠っていればいいと言われただけで……」

まさか、こんな違う世界に来てしまうなんて、知らなかったと言う。

「そうだな。たしかに驚いたろう。環季もだが、ここに来た花嫁たちは誰もが驚いていた」

「いままでの、花嫁さんたちもですか？」

「うん。驚いていた。大役を担ってこちらに来てくれたわけだから、我々はひと晩の祝言を模した宴で花嫁をもてなす。人からの信仰は、我々が存在するのに大切なものだから」

人々が信仰を捧《ささ》げてくれる代わりに、我らは恵みをもたらす手助けをする。もちつもたれつの構図で、古来うまくやってきた。

ちらり、と環季の顔を見る。

「……その、花畑で偶然見てしまったんだが……、環季の足首にある竜胆の痣は……あとから描いたものとは違うように見えたのだが」

初めてここにやってきた花嫁……いや、花嫁に見立てた生贄《いけにえ》の娘の足首に、龍を思わせる痣があったからだろう。

百年ごとにやってくる花嫁たちは皆、龍にちなんだ模様を足首に描いてきていた。

しかし、環季のそれは……竜胆の痣は描いたようにはとても見えなかった。

正座をしていた環季は、そっと自分の足首に手を伸ばし指先で撫でた。

「この竜胆に似た痣は、生まれつきここにあります。花の形の痣なんて、不思議ですよね」

ふふっと笑う環季に、俺は黙って頷いた。

俺は無意識に緊張で硬くなっていた体の力を抜くために、ふうっと静かに息を吐く。

生まれつき痣をもって生まれてくる花嫁は、ごく稀《まれ》だ。一千年に一度と言っても過言ではないし、一千年に一度必ず生まれてくるものでもない。

本当に特別な……〝はるおこし〟の運命の番《つがい》だ。

――運命の番。

我ら天候の神の番になる者、その印をもって生まれてくる者。

我らにも、同じ印が体に浮かんでいる。

番は生涯でただひとり。

運悪く一緒になることができず魂が輪廻《りんね》に戻ったとしても、分かたれてしまった番は再び我らに出会うために転生してやってくる。

痣を描く龍の花嫁とは違い、運命の番に秘められた力は計りしれない。

環季の澄んだ大きな瞳が、俺をまっすぐに映している。

滲み出る霊力を静かな空気のなかに感じて、俺は小さく武者震いをした。

環季は……、その運命の番なのだろう。

ただ、いまの環季にこの話をするのは早い。

もう少し落ち着いたらと、このことは心に秘めた。

「花嫁の痣は、人々の信仰の証だ。天候の神である我らは、花嫁と仮の祝言を挙げることから大きな力を得る。人々と我らを繋ぐ龍の花嫁は大切な存在だから、丁重にもてなすんだ……なのに今回は段取りが悪く、大変申し訳ない」

悪かったと言うと、環季は全力で「いやいやいやいや」と謙虚に振る舞った。

「環季がこちらの世界のことを知らなかったのは、当然だ。ここに来た花嫁は人の世へ戻ると、すべてを夢の出来事だと思ってしまうから。社に戻った花嫁は目を覚まして、こちらの世界のことを……寝入った間に見た夢のなかのものだと認識する」

「……たしかに。帰った時、周りの人にこの世界の話をしたら、みんなが心配してしまうかもしれませんね。楽しかった夢と思っていたほうがいいのかもしれません」

なるほど、と頷いている。

「本来なら、いまからでも宴の準備をして環季をもてなし、朝にはあちらに戻すのだけど」

　はっとした表情で、環季が俺をまっすぐに見た。

「事情があって準備ができず、しばらく帰せないって、犬飼さまは言っていました。私、すぐには帰れないのですか？　どうして……」

　さっきまでの笑顔が、ふっと消えてしまった。

　まただ。また、俺の胸はぎゅうっと潰れそうになる。

　その熟れた柘榴に似た暗く赤い瞳に見つめられると、おかしくなる。

「準備が整っていないのはもちろんそうなのだが……青い花が咲かないと、環季は人の世には帰れない。環季が倒れていた花畑には、人の世とこの狭間《はざま》の世とを繋ぐ特別な場所がある。そこに青い花が咲く時にだけ、限られた者が行き来できるんだ」

「特別な場所……私が目を覚ましたところ……でも、あの場所だけ花が枯れていました」

「あそこに、その青い花が咲いていたんだ。再びあの花が咲くのは……もう少し先になるだろう。だからその間は、うちの屋敷で暮らしてもらう」

　本当は少し、嘘が入っている。青い花が咲く時にだけ、人の世とこの狭間の世が繋がる……というのは、事実だ。たしかに青い花が咲くのは不定期で、本来ならばまだ少し先のことだろう。けれど仮の祝言さえ挙げれば、青い花は確実にその日のうちに咲くことになっている。とはいえ、こちらにも都合というものがあるので、それを正直に伝えるわけにはいかない。

「そんな……！」

人には人の暮らしがある。いろいろなことがあるのだと思う。

いきなり「まだ帰れないからここに住め」と言われても、困るばかりだろう。

「環季にも、帰らなければならない事情があるんだろうが……」

「……いえ、帰らなければならない事情は……特にはないです」

「うん？」

「私には待っている家族もいないですし、仕事もいまはしていません。ただ、神事の途中だったので、集落の人たちには心配をかけてしまうかもしれないのですが……」

どうしようといった顔で、環季がぽつりと呟いた。

それから環季は、軽く自分の生い立ちを話してくれた。

結果的に住まいを手放し、〝はるおこし〟のために故郷へ帰ってきたところだったと。

それを語る環季は、たしかにやつれているように見えるし、疲れてもいるようだ。

「話を聞く限り、環季はここで少しゆっくりしていってても問題はないように見える。青い花が再び咲くまでの間、ここに滞在しないか？」

なんにせよ、いまは帰れないし、帰る場所もないというのだから。と言おうとして、それはやめた。

拠《よ》りどころ、帰る住まいのないことを強調するなど、良くないことだ。

返事はなかなかこない。

すぐには帰れないことを理解しつつ、それでもいきなりの状況を飲み込めないでいる様子だ。

「使用人のなかでも、信頼のおける者を環季につけよう。身の回りのこと、心配なことは俺やその者に頼ってくれ」

それを聞くと、眉をひそめていた環季の表情がほんの少しゆるんできた気がする。

あともうひと押しか？

「人間の世界のような娯楽は少ないが、変わったものならたくさんある。自然も豊かで、案外いいところだよ」

そわそわと何か聞きたい様子からして、だいぶ前向きになってきたように見える。

あと、環季が気に入りそうなこと……何か……アピールできること……。

「……それと、屋敷にはさっきの白い獣、雷からこぼれ落ちる雷獣というのだけど、可愛いそれがあと五匹いる」

「さっきの可愛いこが、白いポメラニアンみたいなこが、ほかに五匹も!?」

食いつきが良くて、内心とても驚いてしまった。

「もしかして、ああいう生き物が好きなのか?」

「はい。その、雷獣は犬とは違うんでしょうけど、私すごく犬が好きなんです」

子供の頃に祖母の家で犬を飼っており、それ以来ずっと好きなのだという。

新たに探そうとしていた住まいも、犬と暮らせる環境を重視したいと思っていたそうだ。

捨てられた、あるいは飼えなくなった犬を保護する場所から引き取りたいと考えていたらしい。

俺は、生き物全般が好きだ。もちろん犬は可愛いと思うし、犬に似た雷獣は特に。雷からこぼれ落ちるなんて、もう可愛すぎるだろう。

自分も犬や雷獣が好きだと言ったら、環季は再び明るく笑ってみせてくれた。

「どうしようって悩んでたんですが、なんにせよ私はまだ帰れないんですよね。なかなか現実を直視できなくて、気持ち良く返事をしないですみませんでした」

姿勢を正した環季は、俺をまっすぐ見つめてきた。

「私が帰れる日が来るまで、お世話になります。よろしくお願いします」

深く頭を下げる姿に、精いっぱい不便がないように応えようと誓った。


俺がいまいるこの世界は狭間の世と呼ばれており、人の世と死者の世の真ん中に位置している。ここに主に住んでいるのは、妖たちだ。

そんな世界で、人間である環季の生活がはじまった。

環季には屋敷に長く務めてくれている、信用できる女性の使用人を何人かつけた。

人の容姿に限りなく近い彼女たちは、長い黒髪と小さな角をもった妖、青行燈《あんどん》の一族だ。

紬《つむぎ》、絹《きぬ》、麻《あさ》、三姉妹は三つ子かと思うほどよく似ている。

彼女らは、百物語を行うと現れる妖だ。昨今では百物語もだいぶ下火になっているので、滅多に出番のない彼女たちは、しばらく前から俺の屋敷で働いてくれている。

青行燈の一族は女性ばかりで、彼女たちは環季のために似合う着物をいくつも見繕《みつくろ》ってくれた。

三人は環季と同じくらいの年齢に見えるうえ、おしゃべりと気遣いに長《た》けている。

さりげなく会話の糸口を引き出し、花を咲かせ、最後には環季を笑顔にする。

喋《しゃべ》るのがあまり得意ではない俺は、その様子を黙って密かに堪能している。

弾む声色、笑う顔、話に花が咲くとはうまく言ったものだと納得する。

もとからこの屋敷の雰囲気は良かったが、環季が滞在していることによりさらに明るくなっていた。

環季がここに留まるうえで、俺は彼女に約束を求めた。

ひとりでは、屋敷の敷地外を出歩かないこと。

誰かが一緒だったとしても、川には近づかない。川にかかる橋の向こうには、絶対に行かない。

そして……この屋敷の、最奥の座敷には近づかない。

この三つの約束を、環季はわかったと言って頷いた。

二つ目までは、なんとなく理由を想像できたろう。初日に見た、花畑の迦陵嚬伽の件もある。屋敷の外や川のそばといった場所には、怪しげな妖がいるのだろうと、想像するはずだ。

しかし三つ目の『この屋敷の、最奥の座敷には近づかない』という約束はどうだ。

聡明な環季がそれを疑問に思っても、おかしくはないだろう。

だから三つ目に関して質問されるかと思っていたのだが……環季はとくだん、気にする様子を見せなかった。

いまは毎日、この世界に馴染むことに精いっぱいなのかもしれない。

昼夜があることは人の世と同じだが、狭間の世は時間がゆっくりと流れている。普通の人間ならば、体はその環境に対応しきれない。それに死者の世が近いため、霊気に当てられて長くは生きていけないのだ。

ただ、龍の花嫁は別だ。神と人との橋渡し役である彼女らには霊力がある。ささやかな力ではあるが、狭間に滞在するには大切なものだ。

それは、本人が自覚できるほど強いものではない。いまのところ、環季からもその力はわずかに感じられる程度だ。

環季がやってきたあの日。彼女の瞳は赤みがかり、少しばかり強い霊力を放っていた。けれどいま、それは本来の黒色に戻っている。

俺はその漆黒の瞳を見つめ、口を開いた。

「先ほど、約束ごとは三つと言った。けれどもうひとつ、つけ足そう。何か不安や不満があったら、小さなことでも相談すること。これを守ってほしい」

環季は目を見開いた。

この反応は予想外だ。

「……相談された相手にしてみたら、時間を割《さ》くのもくだらないことでも？」

「それが環季にとって気になることなら、どんな話でも聞くよ」

「……そうなんですね、わかりました」

そう言って環季は複雑な表情を浮かべたあと、にっこりと俺に微笑んだ。


環季がやってきた翌日から、一緒に花畑へ散歩に行くのが日課になった。

人の世と繋がる青い花。仮祝言を挙げない限り、自然に咲くのはまだ先になるはずだが、環季も自分の目で確かめないことには、安心できないかと思ったからだ。

それに、環季に屋敷の敷地外へひとりで出ないように約束させた身としては、一緒に行くのは当然だ。

一緒に歩き、花畑を確認して、話をしながら帰る。

理由はわからないが、俺と環季は波長のようなものが不思議と合う。

まだ出会って数日なのに、長年の友のように……息が合った。

人の子に、狭間の世の話をしすぎるのは良くないのかもしれない。ただ、ここにいる間に、その知識が必要になる場合もあるだろう。第一、環季が人の世に戻る際、ここの記憶はすべて夢のなかの出来事となってしまうのだ。何を話しても、どんな感情が生まれても、それらはみんな曖昧《あいまい》なものとなる。

そう考えるたびに胸がぎゅっと苦しくなる。

「犬飼さまって、雷の神様だと聞きました。しかも、この狭間を治める大変立派な方だと」

「そう、雷神なのは当たり。大変立派なのは違うかな、うっかりしているし」

環季はくすくすと笑い、「とても謙遜される方だとも聞きました」とつけ加えた。

天を衝《つ》く勢いで伸びる、杉の並木の小路を歩く。

着物姿、下駄に慣れていない環季のペースに合わせて、ゆっくりゆっくり歩く。

当然、今日も青い花は咲いてはいなかった。

「〝はるおこし〟の神事の時、急に嵐になったんです。とにかく雷が酷くて、この世の終わりかと思いました」

「雷が？　そんな乱暴な迎え方にはならないはずだけど、だいたいは強く風が吹く程度で」

納得がいかない顔をした環季は、足元から離れない雷獣を抱き上げた。

環季と一緒にやってきた雷獣が、その腕のなかで俺に得意げな顔を見せる。

こいつは本当に可愛いの権化《ごんげ》だ。小さいくせに偉そうな顔をするのがまた、心をくすぐる。

こいつを含めて、屋敷で世話する雷獣は六匹になった。

すでにいた同じく可愛い五匹は先に、じゃれあいながら走って屋敷のほうへ行ってしまっている。

「強く風が吹く程度ではありませんでした。私、きっと神様に嫌われたんだと……雷に打たれて死ぬんだと覚悟しました」

まるで雷の檻《おり》に入れられたようで、とても怖かったと言って雷獣の体に顔を埋めた。

「嫌ったりするものか、あ、えっと、環季は大切な龍の花嫁だ。きっと……環季に会いたい誰かが、張りきったのかもしれない」

並木のなかに、ぴゅうっと強い風が吹き抜けた。

環季の長い黒髪が、意志をもったような風に梳《と》かれてさらさらと巻き上がり、木漏れ日のなかで煌めく。

「ふふっ、まるで生きてるみたいな風ですね」

風は環季の周りをくるくると吹き上げる。

「……張りきったのって、もしかして犬飼さまですか？」

くりくりとした大きな瞳を俺に向けて、環季が悪戯っぽく微笑む。

「……えっ」

その時、環季の周りで吹いていた風が、俺の頭の上で旋風になり髪をくしゃくしゃにした。

「わっ、やられた」

「あはは、本当に生きてるみたい！　この風って妖じゃないんですか？」

腕に抱いた雷獣を下ろし、環季は必死に手を伸ばして俺の髪を整えようとする。

それを旋風は止めたがるように、今度は環季の着物の袖を揺らした。

「私のところにも来た、あはは、なんなの」

結局、環季が手を引っ込めると、旋風は最後にもう一度さらに俺の髪をくしゃくしゃにして消えた。

その様子を笑っていた環季が、ふと自分の足元をちらりと見た。

「犬飼さま、もうすぐ雨が降ります。降りださないうちに戻りましょう」

俺はそれを聞いて、ぽかんとしてしまった。

雷神である俺の存在自体が、雷や雨に関する天候に関わっている。

それは人の世でも、狭間の世でも同じだ。

体の隅々まで血液が流れるイメージで、神気を這わせ雨を降らせる。

心臓が意識をしていないのに毎秒動くように、俺が存在している間は今日もどこかで雨が降り雷が落ちる。

当然、雷神である俺には雨が降る気配がわかる。

むしろそれをコントロールして、環季との散歩の時間には降らないようにまでしている。

だからいま、雨など降るはずがない。

だが環季は言うのだ。雨が降ると。

「……どうして雨が降ると思う？　こんなに天気がいいのに」

見上げた空には、雨雲などない。

「足首の痣が熱をもってきていて……痛むんです。こんな時は、どんなに晴れていても必ず雨が降ります」

日本には雨乞《あまご》いの神事が数多《あまた》あるが、それはあくまでも人が人の世で行う儀式だ。

こうして実際に人が狭間までやってくるのは〝はるおこし〟の龍の花嫁しかいない。

我々は花嫁を丁重にもてなし、仮の祝言を通して信仰の力を得る。

龍の花嫁よりもさらに力が強いとされる運命の番である環季には、俺が知らない特別な能力があるのだろうか。

『必ず雨が降ります』はっきりそう言いきった環季の瞳には、再び柘榴に似た赤みがさしていた。

どきりとする。

この瞳には、俺の心をひどく揺さぶる何かがある。

「……わかった。急ごう、少し失礼するよ」

慣れない下駄では危ないと、環季を抱き上げる。

「わっ、私、重いので！　頑張って走るので大丈夫です！」

「大事な花嫁が転んだりしたら大変だから、さ、行こう」

腕のなかの環季は暴れては危ないと思ったのか、身をよじるのをやめたようだ。

先ほどから急に、ごうごうと強い風が吹きはじめた。

並木を速歩きで進んでいると、頭の上にぽつりと雨粒が落ちてくる。

「……まさか、本当に降ってきたのか？」

「降ってきましたね、本降りになる前に間に合うかな」

屋敷に飛び込んだ瞬間に、それは途端に土砂降りに変わった。

この雨は、いったいなんなんだ？

どうして俺にはわからなくて、環季には予知できたのだろう。

初めての経験に、俺は雨を見つめて思わず無言になってしまう。

そんな俺に手を伸ばし、濡れた頬を白い手で拭い、「私の雨予報、当たりました」と環季は赤い瞳を細めて微笑んだ。


宵闇《よいやみ》が屋敷をすっかり包む夜更け。

自室に、使用人を取りまとめてくれている狸の長《おさ》がやってきた。

俺よりだいぶ歳上に見える容姿、薄い頭皮と太い胴回り。狸親父という愛称をそのまま体現している。

戦乱の世に僧侶に化けて説法をときながら各地を回り、最後には寺を構えたが大火で焼失。同時に家族と弟子を失ってしまった。

それを機に、人の姿から狸の妖に戻り狭間に帰ってきた。

穏やかで頭が回るので、長い間ずいぶんと助けられている。

「大殿、夜分に失礼します」

「どうした？」

室内に招き入れると、狸は徳利《とっくり》とおちょこを盆にのせて入ってきた。

イカの塩辛、水茄子《なす》の漬物の小鉢を見て、少し酒を飲みたいのを察してくれたのだと感謝する。

狸が卓子《たくし》に、酒と小鉢を並べる。

誘われるようにそばに座ると、狸がおちょこを渡してきた。

冷酒が、とくとくとつがれる。

くいっと呷《あお》れば清水のごとくさらさらと喉を流れ、それから胃をカッと熱くした。

ふうっと息を吐くと、肩の力が抜けた。

「大殿。今宵はひとつ、確認ごとがありまして」

狸の言葉に「うん」と返す。

「……花嫁殿との仮の祝言、道具の準備はいかがなさいましょうか」

「……最奥の座敷の様子はどうだ？」

「はい。変わらずでございます」

俺はつい寄せてしまう眉間を、指で揉み込んで思案する。

「準備は、もう少し待ってもらいたい。まだしばらくは様子をみよう……。ところで、狸にひとつ聞きたいことがある」

狸は静かに、聞く姿勢に入った。

「狸から見て、環季は……〝あの人〟に、似てると思うか？」

〝あの人〟と聞いた狸は一瞬考える仕草を見せたあと、言葉を選んで慎重に口を開いた。

「似ている、とわたしは思います。顔の造形というより、ふとした仕草、霊力の匂い……というのでしょうか。たまに薄く匂って、はっとする時があります」

獣の妖らしく、霊力の匂いを敏感に感じとっていたようだ。

「……環季に記憶はないように見えるが、ここにいる間に一気に思い出すかもしれない。そうしたら、〝あいつ〟も……」

喜ばしいことなのに、妙にいやな気持ちになってしまう。

おちょこを卓子に置き、心を整えるために静かに息を吐く。

その仕草に、狸は何を思ったのだろう。心配させたかもしれない。

「大殿、どうなされました？」

「環季がやってきてから、胸の辺りがちょっと変なんだ。動悸《どうき》がしたり、たまに締めつけられたりする……」

体調がおかしいと訴えると、狸は菩薩《ぼさつ》に似た笑みを浮かべる。

「けれど、嬉しくなったりもするでしょう？」

「ああ。わくわくして力が湧いてきたりもする……変だろう？」

「わくわく……ですか。それは医者でも治せぬ病かもしれません。しばらくすれば、おのずと正体がわかってくるでしょう」

はっきりと正解を言わないところが、狸らしい。

「……よくわからないが、わかった」

「信仰の力、それに環季さま自身の性格や霊力のせいもあるかもしれませんね。それが大殿にいろいろな影響を与えているのでしょう」

環季は雨の降りだしを、狭間でも予知できた。

霊力は薄く感じる程度なのに、運命の番には秘めた力がまだまだあるんだろうか。

「花嫁殿という存在は、すごいよなぁ」

「人の世からやってくる、龍ですからね。神頼みに直接やってくるなんて、たいしたものですよ」

原初の〝はるおこし〟はいつだったか。

ある日、生贄として捧げられたという、ボロをまとった若い娘が突然、狭間の花畑にやってきた。

やつれた顔や体、足首には龍の鱗《うろこ》に似た痣があった。

人が生きたまま狭間にやってくるなんて、前代未聞だ。

娘を見つけた妖が慌てて屋敷に連れてきて、話を聞くことになった。

娘は干ばつで窮困《きゅうこん》に陥った村を助けてほしいと……自分の命を代償に雨を降らしてほしいと訴えた。

〝あいつ〟は特別扱いはできないと言いつつ、娘を綺麗な着物に着がえさせ、食事を用意させ腹いっぱいにしてもてなした。

『ここでの記憶は夢となる。けれど、百年後に神事として信仰を携えた花嫁を寄越す、という〝お告げ〟だけは記憶に留められるようにしておこう。我らは人の信仰を好ましく思う。またもてなすぞ！』

そして「決して生贄ではないからな！」なんて、念を押した。

ここでのことを、夢のなかのことだと綺麗に忘れてしまうのはわかっていた。

お互いのためにも、そのほうがいいと思っていた。

涙を流し何度もお礼を言う娘を、人の世に送り帰したあと。

我々は腹の底から力が漲《みなぎ》るのを感じた。

それは村人からの我々神に対する強い信仰の強さの表れだと知った。

命がかかっていたのだ。最後に神よ仏よとすがり、その祈りの力をあの娘がここまで届けにやってきた。

特別な贔屓《ひいき》はできないが、一度結ばれた縁だ。

〝あいつ〟は山々を厚く覆った万年雪を強い風で解かし、雪解け水を大きな川へと流した。

その山々があったのは娘の村からは遥か遠い場所だったが、しばらくすると、雪解けの水は乾いた村の川へと届いた。

人々は川の水を田に引き、農作をした。

そうして、娘の村は救われたのだ。

それからまた百年後。綺麗な花嫁衣装を着せられた痩せた娘が、俺たちのいる狭間の世の花畑に立っていた。

『神に豊作を願う神事を執り行っていて、気がついたらここにいた』

と言うその娘の足首には、龍の姿を模した痣のようなものが描かれていた。百年前こちらに来た娘は夢の〝お告げ〟に従い、神事を執り行うよう、周囲の村人や自分の子、そして孫の代にまでそれを伝えていたのだ。代々受け継がれていった信仰の力。我らは再び現れた花嫁殿を目の当たりにして、その秘めた力をひしひしと感じたのだった。それからというもの、百年に一度、龍の花嫁がこの狭間の世にやってくるようになった。

懐かしい記憶を思い出していると、狸が卓子に置いたおちょこを渡してきた。

「通常、青い花が咲くのはもっとあとのことです。仮の祝言さえ挙げなければ、急に花が咲くことはない。まだ時間があります。その間に、一緒に考えましょう」

狸はさあ、と言って、徳利の酒をついだ。

俺は返事の代わりに、それを一気に飲み干した。


そんなやりとりから数日後の真夜中。

環季が真っ青な顔をして、何かを抱えて俺の自室に飛び込んできた。

「い、い、犬飼さま、大変です！　私、赤ちゃんを拾ってしまいました……っ！」

三章

夢で見続けた、あの花畑のある世界へ来てしまった。

そこで犬飼さまの姿を初めて見た時、輝く金色の瞳がとても綺麗で驚いた。

蜂蜜《はちみつ》、シャンパン、金色の美しいものが、頭のなかをぐるぐる回る。

それと同時に、天から夜を切り裂き落ちる眩い稲妻を思い出して……少しだけ身がすくんでしまった。

けれど。

けれど私を心配してくれる表情にはほっとして、思わずまじまじと見入ってしまった。

〝はるおこし〟の神事の最中にこちらの世界に飛ばされてから、どれくらいの時間が流れたのだろう。

私がいた世界と同じ、昼と夜がひと回りで一日とカウントするなら十日は経った。

犬飼さま、そして屋敷のみなさんが良くしてくれるので、知らない世界なのにとても心穏やかで不自由なく過ごしている。

心配性の人なら、神経をすり減らして参っていたかもしれない。あまり繊細ではない自分の性格に、これほど感謝したことはない。

あの世のご飯は食べてはいけない。黄泉竈食い——ヨモツヘグイ、黄泉《よみ》の国で煮炊きした食べ物を口にすると、人の世に戻れなくなる。

そんな話を思い出し、犬飼さまに聞いてみると狭間はセーフだという。

行ってはいけない大きな川、そこにかかる橋の向こう側の食べ物はアウト……と教えてくれた。

そう。川には近寄ってはいけない。橋を渡るなど、言語道断。犬飼さまと私で交わした約束のうちのひとつだ。

橋の向こうは、死者たちの世界なのだという。

もしかしたら、おばあちゃんやお母さんに会えるかもしれないと、少し行ってみたい気がしたのだけれど。そんな考えは、犬飼さまにすぐにバレてしまった。

『死者に会ったら、あちらの世界に引っ張られる。こんなに早く環季が向こうに行くのは、二人とも望んではいないだろう』

そう言われ、寂しいけれどちゃんと諦めた。

お屋敷でご馳走になるご飯は三食とても美味しくて、私はここに来てから確実に太ったと思う。

だけど肌も髪の調子もすこぶる良くて、多少の体重の増加は気にしないことにした。大きな檜《ひのき》のお風呂、その脱衣所に体重計はないのだから仕方がないのだ。

狭間の世は時間の流れがゆっくりしていると聞いたけれど、これは本当で驚く。あらかじめ説明をされていたものの、実際に体験するとそれが実感としてわかるようになってきた。

まず、夜は長く寝たつもりでも、まだ夜明けも訪れていない……なんてことがある。私に、自室にと与えられた客室。庭に面した障子は、いつまでも朝の光を透す気配がない。

二度寝を決めてふかふかの布団に潜り込み、朝になるのを待つ日々だ。

美味しいご飯と、たっぷりの睡眠。

青い花が咲かないと帰れないらしく、毎日花畑まで犬飼さまと確認をしに歩く。私がこちらの世界に来た時に咲いたのだから、当分の間は咲かないはずだと言われたけれど「もしかしたら、咲いているかも」とつい期待して見にいってしまう。

不思議なことに、ここに来てからあの夢を頻繁に見るようになった。

ただ、いつもよりいっそう細切れだ。パッとシーンが映ったかと思えば、すぐに消えてしまう。

順番もバラバラになっていて、わけがわからない。

一度この夢の話をきちんと犬飼さまにしてみようと考えたが、人が見た夢の話をされても困るだろうと思いとどまった。

また、夢を見た夜だった。

男性の後ろ姿、その銀色の髪が揺れている。これは、いつも見るシーンのうちのひとつだ。けれど今回、私は「これは犬飼さまではないんだ」と強く意識をした。

その瞬間。夢から弾かれたような衝撃を体に受け、目を覚ました。

いつもどおり、まだ夜は明けてはいなかった。

暗い障子の向こう。目を凝らすと漆喰《しっくい》の壁がぼんやりと、闇から浮いたように白く淡く光っている。周囲に、特に変わった様子は見られない。

けれど布団から飛び起きた私は、汗びっしょりだった。

寝巻きの上から胸や腕にさわってみても、痛みなどはない。

あの、体に受けた衝撃は、なんだったのだろう。

「夢なのに、しっかりと衝撃だけが残ってる……」

息を大きく吐き、膝を抱える。

やたら自分の息遣いが耳に障った。

このまま再び眠るのは怖くなってしまって、気分を変えるためにお水を貰《もら》いに布団から抜けでることにした。

犬飼さまのお屋敷は、とにかく大きい。

多分、犬飼さま自身が大きいからだと思う。

見上げるほどの高身長、体つきも筋肉がついてがっしりと逞しいのに、顔は、はちゃめちゃに美形だ。

ギリシャ彫刻のように滑らかで白い肌は、正直かなり羨《うらや》ましい。

自分を『うっかり』だと言って少ししょげたような表情を見せられた時は、容姿とのギャップにきゅんとしてしまいそうだった。

雷の神様、この狭間の世を治めている力の持ち主。

お屋敷の使用人の誰もが、「大殿は強くてお優しい」と言っている。

気になる、好きになる前のそわそわと落ち着かない心が苦しい。

……でもこの気持ちは、帰った時にはきっと夢のなかのこととして消えてしまうのだ。

「犬飼さまは神様だもんね、人の私とは違いすぎる……」

小さく呟いた言葉は、長く薄暗い廊下にぽつりと落ちた。

まだ夜が明けない暗いうちだからか、普段なら掃除や手入れで忙しそうにしている使用人のみなさんの気配がない。

「……この廊下、こんなに長かったっけ」

台所までのまっすぐで広い廊下が、やたら長く感じる。振り返ってみると、自分が歩いてきた廊下の奥が真っ暗な闇に飲み込まれていた。

しん、と久しぶりの静かな雰囲気に、一気にゾワッと鳥肌がたった。

——ここは、人の世界ではないんだ。

花畑で、いつまでも私に向かって空から歌い続ける迦陵頻伽の顔。

あの貼りつけたように見える笑った顔が、私の肩の辺りで浮いている様子を勝手に脳みそが想像してしまう。

「うう、お屋敷のなかは大丈夫だってわかってるのにー」

お水は諦めて、部屋に戻ろうかと迷った瞬間だった。

微かに、雷獣が吠えた声がした。

雷獣は雷の神様である犬飼さまの眷属《けんぞく》なので、基本的には犬飼さまの近くで自由にしている。

普段からお屋敷のなかや広大な外の敷地を仲良く走り回っており、白いポメラニアンそっくりな六匹はいつも賑やかだ。

けれど夜は静かにしていて、この時間に吠えた声など聞いたことがない。

「……何かあった、とか？」

ただ、その勘が大当たりだったとしても、私に何ができるわけではないと百も承知している。

けれど胸騒ぎは止まらないし、雷獣に何かあったらいやだ。

敷地内は安全だと聞いた。なら、私がそうっと見にいき、緊急事態なら誰かをすぐに呼びにいこう。

そう決めると、さっきまで怖くてすくんでいた足が動きだした。

正面玄関まで足音を消して速歩きで向かう。

鍵を外して、音が大きく響かないようにそうっと引き戸を開けた。

カラ、カラ、カラ……と、人ひとりが通れる隙間《すきま》を開けて抜けでると、とんでもない光景が目に飛び込んできた。

数多《あまた》の星をキラキラと浮かべた空から、流星群が地上へ降り注いでいたのだ。

ピカッとひときわ眩く青白く光ったと思ったら、地上へ落ちて飛び散り消える。

広いお屋敷の庭のあっちこっちで、シャラシャラとその光景が繰り返されていた。

「……すごい……綺麗！」

雷獣たちは地面にぶつかって跳ねる星の欠片を口に入れようと、楽しそうに跳び回っている。

光る欠片が白いモフモフに入り込み、光る。

既視感《きしかん》を覚えて眺めていると、それはわんちゃんが夜のお散歩の時につける光る首輪のことだと思い至った。

圧倒されながらも、ただ見入ってしまう。

青白い欠片。目を凝らすと金平糖の形に似た星の欠片が氷にも見えて、それに触れてみたくなった。

一歩、二歩、庭へ進むと、雷獣が揃って動きを止めて空を見上げた。

私も、つられて視線を上げる。

頭の上に、ひときわ大きな閃光《せんこう》を放つ青い星が迫ってきていた。

「ちょ、ええっ！」

雷獣たちは耳をぴんと立てて、私の足元で跳ねはじめる。

「危ないよ、流れ星にぶつかっちゃうよっ」

六匹抱えて逃げだしたいのに、雷獣ははしゃいでなかなか捕まらない。

白い光が迫りくるなか、腕を伸ばして雷獣を抱え込もうとした。

——世界が消えたかと思うくらい、見えるものすべてが、自分の輪郭さえも真っ白になった。

……ずしりと、腕のなかに重みを感じる。

雷獣が自分から飛び込んできたんだと、私は何も見えないなかを歩きだす。

「多分、玄関はこっち、早く離れて誰かを呼ばないと……みんないる？　六匹全部いる？」

腕のなかの重みはせいぜい二匹ぶんくらい、残りのこたちは、ついてきてるだろうか。

よろよろと転ばないよう足を進めているうちに、視力が少しずつ戻ってきた。

同時に、ありえない声を間近で拾う。

「……ふっ、んん」

まるで、小さな子がぐずるような声が……私の腕のなかでした。

「……えっ」

恐る恐る視線を落とすと、雷獣かと思っていたそれは……真っ裸の赤ちゃんだった。

「ど、ど、どうしよう！　困ったことがあったら、報告、連絡、相談っ！」

社会人の基本スローガン。勤めていたブラック会社ではすっかりスルーされていたけれど、犬飼さまはなんでも相談するようにと言ってくれた。

あの言葉は、本当に嬉しかった。思わず泣きそうになってしまった。自分をちゃんとひとりの人間として扱ってくれていると、実感ができたから。

ワンッ、キャンッと、雷獣たちは「赤ちゃん見せて」と足元でテンションを上げている。

「とにかく、落ち着け私。雷獣も落ち着いて……」

さっきまでの壮大な天体ショーは、なんの痕跡《こんせき》も残さず終わっていた。

いや、でっかい痕跡はあった。腕のなかの赤ちゃんだ。

黒髪にまんまるの瞳で、私をじっと見ている。

お互いを探るように見つめあったあと。辺りに親御さんがいないか見回したが、誰も見つけることはできなかった。

ごくりと、息を呑む。

赤ちゃんが小さなくしゃみをしたのが合図になって、私と雷獣は慌てて屋敷のなかへ駆け込んだ。

足音など気にする余裕もなく、広すぎる屋敷を走り抜けて犬飼さまの私室にたどり着いた。

まだ夜が明ける前だと頭ではわかっているけれど、とにかく助けを求めたくて飛び込んだ。

「い、い、犬飼さま、大変です！　私、赤ちゃんを拾ってしまいました……っ！」

大きな声で叫ぶとふっと明かりがつき、すぐに奥の寝室と思われる部屋から犬飼さまがのっそりと寝巻き姿で現れた。

「い、犬飼さま、夜中にごめんなさいっ！　どうしよう、赤ちゃんが空から降ってきて！」

赤ちゃんを落とさないように、その顔を犬飼さまに見せる。

どんぐりみたいな、くりくりの瞳。ぽわぽわふわふわの髪に、ちょこんとついた小さな鼻。

丸いぷるぷるの頬っぺ、ちっちゃな口は引き結ばれている。

あらためて姿を見てもすごく可愛くて、まだ子供を産んだことがないのに母性が大爆発しそうだ。

「くしゃみしてるんです。どうしよう、寒いのかもっ」

犬飼さまは慌てず大きな体をかがめて、じっと赤ちゃんの顔を凝視する。

赤ちゃんは犬飼さまの顔に手を伸ばし、形のいい唇を掴《つか》んで思いきり引っ張った。

「あっ、だめだよ」

「……たみゃき、こりは、あやかひのこだ」

唇を掴まれたまま、犬飼さまが喋る。

「え、なんて？」

「あやかひの……こ」

「あやかひ？　こ？」

こほんと小さな咳《せき》払いが聞こえて、慌てて振り返ると狸さんが入り口に立っていた。

「妖の子、でございます。環季さま」

狸さんもまた寝巻きだったが、崩れたところはなくきっちりとしていた。

このお屋敷で、犬飼さまの補佐的なお仕事をしているおじさまだ。

「環季さまの声がして、何かあったのかと飛んできました。その子は……」

「狸さん、この子、さっき空から降ってきたんです！」

いまだ犬飼さまの唇を掴んだままの小さな手を、なんとか外す。

「……環季、この赤ん坊は妖だ」

掴まれたところを赤くしながら、あらためて犬飼さまが言った。

いったん落ち着こうと、そのまま犬飼さまの私室で話をすることになった。

私を含め全員が寝巻き、真夜中というシチュエーションに、ものすごい罪悪感が湧いてくる。

赤ちゃんは、犬飼さまの羽織りを貸してもらえた。

それをおくるみの代わりにして、赤ちゃんが寒くないよう包んだ。

「すみません、こんな真夜中に大騒ぎしてしまって」

「いい。狭間の世だって、赤ん坊が空から降ってきたら大騒ぎになる。気にするな」

「うう、すみません。ちゃんと一から説明します」

私は庭で見たものすごい流星群のこと、ひときわ大きな流れ星が頭の上に飛んできて、気づいたら腕のなかに赤ちゃんを抱いていたことを必死に説明した。

犬飼さまと狸さんは、私に抱かれたままの赤ちゃんをまじまじと見ながら口を開いた。

「人の世では、赤ん坊は番との間にできるだろう？」

「番、夫婦でしょうか？　たしかにそうですね、夫婦やパートナーの間に生まれますが」

「狭間では、二つのパターンがある。ひとつは人と同じ、番の間に誕生する」

わたしはそうですと、ニコニコと狸さんが言う。

「もうひとつは、自然発生だ。信仰や時空の歪《ゆが》み、強い呪い、願いや、重要な役割をもって生まれてくる」

「自然発生……？　ぽんっと、突然生まれてくるんですか？」

犬飼さまは頷いて、自分を指さした。

「俺は、ある日気づいたら俺だった」

「哲学の話ですか？」

「違う、本当に突然、俺だったんだ。自我が芽生えた瞬間、自分の世界での役割を一瞬で理解した」

真面目な顔に、犬飼さまの話は本当なのだろうと思えた。

「神様や妖は、人とはいろいろと違うんですね。お釈迦様《しゃか》も、お母さまの腋《わき》からぽろりと生まれたと聞いたことがあります」

お釈迦様が母親の腋から生まれたなら、この赤ちゃんが流れ星になってここにやってきたとしてもおかしくはない。

「環季さま。自然発生で生まれた場合……特にほぼ人の形をしていたならば、それは相当の霊力を秘めた、何か大きな役割をもって生まれた場合がほとんどです」

大殿のように、と狸さんはつけ加えた。

「そうか、犬飼さまは見た目はほぼ人ですもんね。金色の瞳は綺麗だし、体つきはしっかりしているし、かっこいい。神様はやっぱり綺麗なんだなって思いましたもん」

摩訶不思議な出来事に、私の心は興奮しているのだと思う。

普段思っていることが、ストレートに口から出てしまった。

「かっこいい……俺が……」

「あっ、大殿、顔がふにゃふにゃです。しっかりしてくださいっ」

「ふっ、きゃきゃっ」

「笑いました、赤ちゃんが笑いましたよ！」

この子は、いったいどんな妖になるんだろう。

素っ裸だった赤ちゃんを羽織りでくるむ際、犬飼さまが「……ついてるな」とぽつりと言った。それで、この赤ちゃんは男の子だということがわかった。

「この子も、犬飼さまのような素敵な人になるのかな」

犬飼さまは、なぜか突然咳払いをして、一度あっちを向いてしまった。

「……っ、で、では、環季が名前をつけてやってくれ。この狭間の世では、見つけた者が名前をつけ、ある程度大きくなるまで育てる決まりがあるんだ」

「そ、育てる⁉　でも私、子育ての経験なんてないです。それに、青い花が咲いたら私は……！」

帰らないと、と続けようとしたら、赤ちゃんにニコッと笑いかけられてしまった。

「妖の子、特に自然から生まれた者の成長は早い。外見なら、一歳くらいに見えるまで三日とかからない」

「三日で、一歳児くらいになるんですか？」

驚いて聞き返すと、「そうだ」と返ってきた。

「乳飲み子期が極端に短いんだ。すぐに一歳児ほどまで育ち、とことこ歩きだす。それに、いきなり会話もはじめる」

「あー……神様の子がすぐ歩きはじめるのも、何かのお話で聞いた気がします。いきなり喋りだすのも」

こんな小さな赤ちゃんが、三日後には一歳児くらいに育つなんて。

赤ちゃんは、私の顔をじっと見ていた。

もしかしたらいまは喋れないだけで、話を聞いて理解しているのかもしれない。

この赤ちゃんは、多分やっぱり特別な子なんだ。

けど……私には普通の可愛い赤ちゃんにしか見えない。

青い花が咲いて私が帰ったら、この子は……もしかしたら寂しがって泣いたりするんだろうか。

胸がぎゅうぎゅうに締めつけられる。顔も知らぬ母に会いたくて、山の麓の墓所にこっそり通った幼い自分を思い出してしまった。

あの真っ赤な夕暮れのなか、ただ佇む墓石の濃い影の群れはいつまでも忘れられない。

寂しかった。ひょっこりと、死んだなんて嘘だよって、墓石の裏から母が出てくるんじゃないかと。

ただ、待っていた。

あんな想いを、この赤ちゃんにもさせていいんだろうか。

……良くないよ。いいわけないよ。

「……犬飼さま。ひとつ聞いてもいいでしょうか？」

「うん、なんだ？」

まっすぐに犬飼さまを見るのは緊張するけれど、この腕の重みを思えば頑張れる。

「人の世に帰るのに必要な青い花は……枯れてもまた、時間が経てば繰り返し咲くんですよね？」

「ああ。どういう周期なのかはわからないが、昔からずっと繰り返し咲いている」

それを聞いて、私はとても安心した。

タイミング良く、いまの私は無職だから、仕事で人に迷惑をかけることはない。

アパートも引き払っているし。故郷のみんなは心配しているかもしれないけれど……荷物ごといなくなっているのだから、きっとそのまま帰ったのだと思ってもらえるだろう。挨拶もないままいなくなるというのは、とても心が痛むけれど。

何より、あっちに残してきた家族も、いない。

「あの、この子がある程度大きくなるまで、私、お屋敷でお世話になることは可能でしょうか？　赤ちゃんを育てながら、お屋敷の仕事を手伝います」

お願いしますと、赤ちゃんを抱えながら頭を下げた。

慌てたのは、犬飼さまだ。

「い、いいのか？　赤ん坊も、俺もそうしてくれたらありがたいけど……」

「はい！　きっと何かの縁で出会えた赤ちゃんなんです。きっかけをくれたのは雷獣たちで……ちゃんとある程度大きくなるまで、ここにいさせてください」

赤ちゃんは、私の言葉を聞いて笑っている。

その笑顔で、この子はもう会話の内容を感覚的にでも理解しているのだとわかった。

「なら、やっぱり環季が名前をつけてやってほしい。環季が名づけ親だ、いい名前を赤ん坊に贈ってくれ」

「名前、わ、名づけなんて責任重大だっ」

「きっと環季になら、どんな名前をつけられても喜ぶと思う。ほら、笑ってるぞ」

赤ちゃんは、「あー」と声を上げた。

ふわふわの黒髪、私と同じ黒い瞳。星と一緒に降ってきた男の子。

これから先、どんなにつらく苦しいことがあっても、根っこまでは折れないでほしい。

這いつくばっても、いつか立ち直る。そんな力をもつ名前を贈ってあげたい。

本当はミラクルハッピーな人生を驀進《ばくしん》してほしいけれど、生まれてから死ぬまで最高潮のまま突っ走れる生き物はいないと思う。

だから、もしどん底まで落ちることがあっても……決して折れないでほしい。そんな願いを込める。

「……レンはどうでしょう。蓮《れん》……蓮《はす》の花は、泥中に根を張り水面に顔を出して花を咲かせます。困難に陥っても、自分の力で上を向ける力を名前から贈ってあげたくて」

カタカナなのは、すぐに自分で書けるようになりそうだからだ。

犬飼さまと狸さんがほうっと感心したような表情を浮かべるので、恥ずかしくなってしまう。

「いいじゃないか、レン。名乗るのにあって困らないから、環季の苗字を名乗らせてもいいだろうか？」

「灰塚ですか、差し支えなければ……」

「なら、この子はこの瞬間から〝灰塚レン〟だ。子育ては俺も手伝うし、屋敷のみんなにも協力を願おう」

犬飼さまがそう言うと、レンは「あうー」と返事をした。

正直言って生まれてからいままで、小さな子供の相手をしたことがほとんどない。

故郷では子供は私ひとりだったし、上京をしても子供と触れ合う機会などなかった。

そんな私がやる気だけで子育てをするというのは到底難しい話で、青行燈の紬、絹、麻さんたちに協力を仰いだ。

「うちら子供の面倒を見るのは慣れてるから、安心してくださいね」

「そうそう！　ただ、男の子の世話は初めてなので頑張ります！」

「青行燈の一族は女ばかり生まれますから、新鮮です」

レンを囲みながら、それぞれ明るく喋る三人は間近で見てもそっくりだ。

三つ子ではなく、三姉妹。小さな角がキュートで、その角がひび割れないようにするには保湿が何より大切なんだと教えてくれた。

妖の赤ちゃんを私が拾ったことは、朝になってから狸さんが使用人のみなさんに周知してくれた。

めでたいと言って、すぐにおしめや子供の布団、肌着、着るものなどが、私の過ごす客室に用意された。

明らかにまだ固形物を食べられそうもないレンのために、狸さんは近所からお乳の出る、子供を半年前に出産した妖のお母さんを連れてきてくれた。

私がその子供と遊んで寝かしつけをして、代わりに妖のお母さんがレンにお乳を与えてくれる。

子供が寝ている間は、お母さんにお茶や昼寝をしてくつろいでもらった。

これから三日間、通いでお世話になる。

お腹がいっぱいになったレンはいま、紬さんにおんぶ紐で背負われてうつらうつらと夢のなかだ。

　私はその間にせっせと、持ち寄ってもらったレンのものを絹さん麻さんと三人で整理していた。

「市《いち》では、花嫁さまが屋敷に滞在しているって話題なんですよ。人が狭間にいるのは珍しいことですから」

「市って、何か買える場所？」

「そうです。結構いろいろ買えるんですよ～、人の世とこちらを行き来している妖もいますから、たまに人の世のものが買えたりもします」

　それは初耳だ。どうせほとんどお屋敷から外に出ないまま人の世に帰るのだろうから、外の知識は不要だと思っていたのだけれど……もう少し長く滞在するとなると、お屋敷の外のことも知りたくなってきた。

「買い物いいなぁ。でも私、この世界で使えるお金を持ってなかった」

「それなら大殿の名前でツケにしてもらえばいいんじゃないでしょうか。狭間でいま一番お偉い方ですもの、報告だけすれば大丈夫ですよ」

　おんぶ紐でレンを背負った紬さんが、提案をしてくれる。

「ツケかぁ……。自分の稼ぎがないって、結構精神的にくるものですね」

うう～と唸《うな》ると、絹さんが「ひらめいた！」と声を上げた。

「なら、環季さまの持ちものを売るのはいかがでしょう？　狭間では、人の世のものは珍しく、値段もそこそこします」

「あっ、でも……市があるのは川沿いなんです。確か、環季さまは近づいてはならないと、大殿とお約束されてましたよね。気をもたせるようなことを言ってしまい、すみません」

麻さんがそう言って申し訳なさそうに眉を下げると、絹さんが「またまた、ひらめいた！」と声を上げた。

市の活気や品揃えには劣るものの、このお屋敷には定期的に行商がやってきて、ものの売り買いができるという。

部屋の隅に追いやられている、社から一緒に飛んできたキャリーケースが目に入る。

「私が持っているものなんて、たいしたものじゃないけど……売ってみようかな。でも行商の方に買い取ってもらう前に、良かったら見てみますか？」

そう言うと、三姉妹は目をキラキラと輝かせた。

そうして私の荷物のなかから、花の刺繍が施された巾着《きんちゃく》、コンパクトケースの鏡、ストールを買ってもらうことになった。

本当は各自が気に入ったものをプレゼントするつもりだったのだけれど、三人には「高価なものだから、とてもじゃないがただでは貰えない！」と青い顔をされてしまった。

狭間で使えるお金は人の世のものと似ていて、その種類はいくつかの硬貨とお札に分かれていた。それぞれの価値などは三姉妹がしっかりと教えてくれたので、とても助かる。

「ありがとうございます。このお金でレンの物と、犬飼さまにも何か買ってあげられます」

秘密ですからねと念押しをすると、三姉妹は頬を染めてキャーッと騒いだ。

夜に、お乳をもらったばかりのレンをお風呂に入れる。

私ひとりで入れるのは危なっかしくて無理なので、これも青行燈三姉妹に手伝ってもらった。

湯上がりのレンを連れて部屋に戻ろうとすると、私の部屋の前で犬飼さまがウロウロとしていた。

「犬飼さま、先にお風呂いただきました」

「ああ、レンを風呂に入れたと聞いた。お疲れさま」

一日で首の据わったレンは、犬飼さまをじっと見たあとに手を伸ばした。

犬飼さまはレンを抱き、あやしている。

「この部屋、みなさんにいただいたレンのものでいっぱいなのですが、良かったらどうぞ」

こちらは客室を間借りしている身なのだから『良かったらどうぞ』も何もないのだが、犬飼さまはレンを抱いたまま遠慮がちに部屋に入ってきた。

座布団を犬飼さまに出す。レンは抱かれたまま、力強く犬飼さまの着物の合わせを引っ張っている。

次に袖を掴んで引っ張ると、逞しい犬飼さまの右腕があらわになった。

痣、だろうか。お祭りで見た大きな太鼓に記してある、雷のマークのような……

巴紋《ともえもん》がちらりと見えた。

まじまじと見るのも失礼なので、そっと痣から目をそらす。

「成長が速いと聞きましたが、ここまでとは思いませんでした。朝よりも体つきがふっくらして、首も据わっています」

「あと二日もすれば、歩き回るレンが見られるぞ」

ふふっと笑う犬飼さまは、やっぱりかっこ良くて素敵だなと思ってしまう。

私はそんな素敵な神様の、仮だけど花嫁役なのだ。

そう考えるとくすぐったくて、にやけてしまいそうな顔を咳払いで誤魔化した。

「レンは、どんな妖になるんでしょうか」

そうだなぁ、と犬飼さまが考える。

「レンは見る限り、どこかの種族を表すような部分がない。そうなると、俺と同じ〝神〟の部類なのかもしれない」

「か、神様ですか！　神様が人間の私なんかに育てられて、大丈夫なのかな……」

お風呂に入ったばかりなのに、冷や汗が出てしまった。

「俺は、環季からレンがやってきた状況を聞いて、これはレンが環季を選んでやってきたのかもしれないと思ったよ」

「私を、ですか？」

「うん。レンはきっと環季をどこかで見つけて、そばに行きたかったんだろうな」

そう言われて、悪い気など起きるはずがない。

優しく細められた金色の瞳が嬉しくて、本当にそうだといいのにと思ってしまう。

「へへ、嬉しいです。そう言ってもらえると、もっと子育て頑張ろうって思えるから」

犬飼さまの逞しい腕のなかで、レンはうとうとしはじめた。

「あっ、レンが眠りそうだ」

「犬飼さまは、赤ちゃんの寝かしつけがうまいのですね」

レンが眠りに落ちる瞬間が見たくてそばに寄ると、おのずと犬飼さまとの距離も近くなる。

胸がドキドキするのを悟られないように、いたって普段と変わらない表情を作るのは難しい。

犬飼さまの着物に焚き込められた香のいい匂いがするけれど……夢で隣に立つ男の人のものとは違うんだなと考えてしまった。

あの人が、犬飼さまならいいのに。

そう考えて、赤くなった顔を慌てて背けたけれど。多分、犬飼さまには見られてしまった。


翌日、昼食を終えてお屋敷がまったりした雰囲気を迎える頃。

お地蔵さまに似た、穏やかな顔の小柄な行商のおじいちゃんがやってきた。

広い玄関に木でできた箪笥《たんす》に似た四角い箱を下ろし、敷いた布の上に次々と商品を並べていく。

美しい反物《たんもの》に宝石に似た石、薬や食材やお菓子、本や化粧品、生活雑貨までいろいろ出てくる。

小柄なおじいちゃんが背負えるほどの小さな箪笥から、出てくる量ではない。

まるで、どこかの空間や次元にでも繋がっているみたいだ。

フリーマーケットに似た即席のお店に、お屋敷のみんなも集まってきた。

残念ながら、犬飼さまは朝から出かけていて不在だ。

私はレンをおんぶして、昨日三姉妹と交換したお金を握り締めて商品を物色する。

子供が使うような小さな湯のみが目に入り、描かれた子犬の絵が可愛くてそれをレンのために買うことにした。

きっと数日後には、レンは自分で手に持ち湯のみを使えるようになるだろう。

犬飼さまにも何かと探したら、レンに選んだ湯のみの子犬の、親犬に似ているような絵付けのされた大きな湯のみを見つけた。

二つ並べてみても、まるで親子の湯のみのようで可愛い。

可愛い雷獣が好きな犬飼さまなら、きっと喜んでくれそうな柄だと思った。

それに、この湯のみを使う犬飼さまは絶対に可愛い。

行商のおじいちゃんは、少し離れたところで出してもらったお茶を飲んでいた。

「休んでいるところ、すみません。この二つを買いたいんですが」

「ああ、ありがとうね。娘さんは決めるのが早いね。このお屋敷の人たちは結構吟味するから、休んで待たせてもらってるんだ」

たしかに、使用人のみんなはわいわいしながらあれこれと買うものを選んでいるようだ。

普段から、私は選択が早いほうだ。さっさと会計をしにきておじいちゃんの休憩の邪魔をした形になってしまい、申し訳なく思う。

けれど行商のおじいちゃんは、良かったら話をしようと言って私を隣に座らせた。

レンは機嫌よく、「だだだだー」「あうぁー」と喃語《なんご》でおしゃべりをしている。

私はいつか行ってみたいと思っていた、市の話をおじいちゃんからも聞くことができた。

死者の世と狭間の世を分ける大きな川のそばに立つ市は、毎日がお祭りのようだという。

その反面怪しい店も多いが、きちんと対価を払えば相応の品物と交換してもらえると説明してくれた。

ただ、知る人ぞ知る薬師の店にだけは、用がなければ立ち入らないほうがいいと念押しをされた。

惚れ薬、長寿の薬、子宝の薬。言えば大概のものが出てくる。

ただし、実験的な要素がある薬も多く、リスクが非常に高いのだという。

「そのお店は、見たら私でもすぐにわかるんですか？」

「ああ、店先に太くて長い髭《ひげ》が一本飾ってあるんだ。あれは何メートルあったかな……なんでも昔、地震なまずとやりあって一本引っこ抜いてきたらしい」

「うわ、その髭だけは見てみたいかも……髭は薬にはならなかったんですかね」

「わしも聞いたことがあるんだ。そうしたらな、ちょっと削って煎《せん》じて飲ませた連中、みーんな自ら進んで入水《じゅすい》しちまうんだと」

地震なまずの呪いだと、噂《うわさ》になったらしい。

飲まされた人たちはどう説明されて、それを口にしたのか。助かったかどうかは、恐ろしくて聞けなかった。

「店主はなんでも薬にしちまおうとする変な奴だけど、薬を調合する腕は確かだよ。

ただね、何を対価にとられるかわからない」

金か家か、はたまた命か、と行商のおじいちゃんは真面目な声色で言う。

人の私から見たら、狭間は不思議な世界だ。

みんな、すごい能力をもっていて、大変なことも軽くこなしてしまいそうなのに。

同じ妖同士でも警戒したり、予防線を張ったりして暮らしている。

生活、というものは、世界も種族も関係ない、自衛と共存を大切にするものなのだと肌で感じた瞬間だった。


その夜だ。

レンのぐずりが酷く、抱き上げても仰け反って大泣きをして止まらない。

甘い果物をすり潰し、果汁をスプーンで与えても、雷獣を見せても機嫌が直らない。

「もしかして、具合が悪い……？」

おしっこの量も少なく、体も熱い気がする。

慌てて犬飼さまに見せにいくと、すぐに狸さんが角の生えた鬼のお医者さまを呼んでくれた。

お医者さまが着いた頃には、明らかに発熱しているだろうとわかるほど、レンは真っ赤になっていた。

大柄な鬼のお医者さまを見て、私はイメージする鬼の姿そのままで少し驚いた。

カールの強いふわふわの鳥の巣に似た髪に、角が二本。肌は赤みがかり、とにかく筋肉質でボディビルダーのようだ。

私があまりにも不躾《ぶしつけ》に凝視してしまったからか、鬼のお医者さまはニッと笑いかけてくれた。

「はじめまして、花嫁さま。妖の子を育てているという貴女の噂は聞いていますよ」

「はじめまして。環季と申します。その子供なんですが、熱があるようなんです」

お医者さまは一見怖そうな風貌なのに、話し方や言葉遣いはとても丁寧だ。

大きな手を早速レンにかざし、たまにその小さな体に触れる。

この世界では、こんな風に患者を診るのかと、その様子を見守る。

「ああ、本当だ。熱が高いですね……でも内臓が不具合を起こしているわけではなさそうだ……喉も腫《は》れてはいないようです」

時間をかけて丁寧に診てくださった先生の見解は〝原因不明〟だった。

「子供はいろいろな原因で熱をだしやすいものですが、この子の場合は原因がわからない。体のなかで発散できないものが暴れて、熱をもっている……といったらイメージしやすいでしょうか」

「これは、どうしたらいいんでしょう……っ」

「とにかく、まずは熱を下げなければ、体力を消耗して弱るばかりになってしまう。衰弱しないよう、見ていなければいけません」

そう言って、お医者さまは小さな子供の体を冷やすポイントを教えてくれた。

「あと、吐くかもしれませんが、まったく水分をとらせないのは良くありません。根気強く、スプーンひとすくいだけでも水分は必ずとらせてあげて」

「はい」

水分補給が大事なのは、人も妖も同じなのだと勉強になる。

お医者さまは、大きな治療鞄《かばん》から透明の小瓶を二つ取り出した。

「これは、永久凍土のなかでだけ咲く氷花からとれる蜜。こっちは、大氷柱が三百年に一滴だけ垂らす氷の甘露。どっちも甘くて解熱の作用があります」

これをスプーン一杯分の水分に、一滴ずつ混ぜて飲ませると説明を受けた。

早速、薬を水で溶かしてスプーンで口に運ぶのだけれど……レンはいやいやと舌で押し返してこぼしてしまう。

お医者さまを送っていってくれた狸さんが、帰りにレンが好きそうな果物を追加で買ってきてくれた。

レンを布団に戻すと泣きだすので、ずっと犬飼さまが抱いてくれている。

すんすんと鼻を鳴らし、涙で腫れた重いまぶたを閉じてレンがうとうとする。

私はその間にレンが吐いて汚れてしまった布団のシーツを交換し、同じく汚れた肌着を洗った。

この不思議な世界のお医者さまなら、レンの熱もあっという間に治してくださるのかと思ってしまっていた。

そんな考えが甘かったことを、肌着を水で濯《すす》ぎながら反省した。

部屋に戻ると、行灯《あんどん》のほのかな明かりだけになっていた。

座った犬飼さまの大きな体がゆらゆら揺れて、レンが抱かれたまま眠っていた。

熱が高いせいで、真っ赤になった頬が乾燥して痛々しい。

肌の乾燥予防のためにと貰ったワセリンに似た軟膏《なんこう》を、レンが起きないように薄く頬に塗る。

間近で、犬飼さまが小さな声で囁《ささや》いた。

「……環季も疲れたろう？　せっかくふっくらしてきたと思ったら、頬がすっきりしてしまって……」

「まだレンが来て二日目なのに、お恥ずかしいです。みんな、助けてくれているのに……」

子育てが最初からうまくいくなんて思っていなかったけれど、こんなにも恵まれた環境下で、何もできない不甲斐ない自分が情けなくなってしまった。

いま、私はレンの〝親〟なのだ。その役割は責任重大だし、ちゃんとしないといけない。

この子をしっかり育てるために、私はここにいるのだ。それができないなら、私がいる意味などない。本当に情けない。

レンだって、苦しくてつらいだろう。

思わず涙ぐむと、大きな手が私の手に触れた。

温かくて、頼りになる犬飼さまの手だ。

「環季はよくやっているよ。レンの世話を投げださず、人に押しつけず、自分で進んでやっている。俺もみんなも、レンだってちゃんとそれを見ているよ」

励ますように手を握られ、私はじわじわと目頭を熱くする涙を止められない。

「ありがとう……ございます」

「こちらこそ。赤ん坊を育てると言ってくれて、本当にありがとう。レンは赤ん坊で覚えてないと環季は思うかもしれないが、ちゃんと覚えているから」

「赤ちゃんの頃の記憶をですか？」

「うん。ちゃんとある。俺の〝親〟は……若い男の神でな。扱いは雑なところもあったけど、いつも俺に笑いかけていた。〝あいつ〟の気の抜けた顔を見ると、なんで俺は泣いてるんだろうって……ふっとそう思っていた」

「赤ちゃんなのに、そんなことを考えていたんですか」

犬飼さまの赤ちゃんの頃。絶対に可愛くて、きっととっても大きかったことだろう。

そして、あやされながらいろいろと考えていたなんて可愛らしい。

「……レンはいつも機嫌がいい。俺の赤ん坊時代とは大違いだ。環季といられて嬉しいんだろうな。俺は……まあ、不機嫌な時は割とあったし大いに泣いてはいたが。ただ〝あいつ〟と一緒だと、楽しかったから。だから、ありがとう」

ぎゅっと、再び握られた手に力が込められた。

犬飼さまの金色の瞳が揺れているのは、育ての親、『あいつ』と呼んでいる人を思い出しているからだろうか。

私も、レンにとってそんな存在になれたらいいなと思う。

「私も、ありがとうございます。犬飼さまから、しっかり元気をいただきました」

ふっと笑ったら涙がこぼれてしまったけれど、自分ができることをしっかりやろうと強く誓った。

――三日もすれば歩きだす。そう言われていたレンは、五日経ったいま熱でぐったりとし、姿は相変わらず赤ちゃんのままだ。

そして昨日からは私か犬飼さまが抱いていないと大声で泣き叫び、大変なことになっていた。

ただでさえ、熱で体力を消耗しているのだ。これ以上疲れさせてはいけないと、私たちのどちらかが常に抱いている。

ひと晩私が面倒をみていたので、朝になると部屋に犬飼さまがレンを引き取りにきてくれた。

そのまま今日は眠って自身の体力を回復させるようにと言ってもらえたけど、私はあるひとつのことを考えていた。

行商のおじいちゃんから聞いた、薬師の店のことだ。

『薬を調合する腕は確か』という、その言葉がぐるぐると寝不足の頭のなかを回る。

市があるのは、川のそば。川の近くには行ってはいけないと注意されたけれど、いっこうに良くならないレンに効く薬があるんじゃないかと……そう考えたら思考が止まらなくなっていた。

通ってくれているお医者さまも、どうにもならないと匙《さじ》を投げかけている。

誰もそんなことは口にしないけれど、もしも、レンに何かあったらどうしよう。

我が子のように可愛いレンが、苦しんでいる。

私ができること……やはり話だけでも聞きにいってみたほうがいいんじゃないだろうか。

市の場所は、わかっている。薬師の店の特徴もしっかり聞いていた。

「……行ってみよう。行けば、何か回復に向かうヒントだけでも貰えるかもしれない」

対価が必要だと聞いていた。私はすぐにキャリーケースを静かに開く。

人の世のものは貴重だという。どれに価値があるかはわからないけれど、私が一番大切にしていた、おばあちゃんの形見であるオパールの指輪を選んだ。

「ごめんね、おばあちゃん。ごめん……」

指輪を握り締め、頭のなかで何度も謝る。

見よう見真似で着られるようになった着物に着替え、最小限のものだけを持った。

「いまさらだけど、やっぱり誰かに言ったら、行くなって言われちゃうだろうな」

犬飼さまに相談すれば、きっと自分が行こうと言ってくれる。けれどレンのお世話や日々行っている雷神さまとしてのお務めなどで、犬飼さまも相当疲れている。

私ひとりで行ったら絶対に叱られる。心配もかけてしまう。だけど——！

「……レンに何かあったら、それは絶対にいや。耐えられない、なら行くしかない」

レンのことでバタバタしているせいか、運のいいことに玄関に向かうまでに私は誰にも会わなかった。

みんなは、私が自室で休養していると思っている。だから今日はきっと、部屋には誰も来ない。

やっぱり、この隙に行くしかない。

玄関で自分の草履を見つけ、なるたけ音をたてないように引き戸を開けてお屋敷を飛びだした。


びくびくしながら早足にしばらく道なりに行くと、海かと見間違うほどの大きな川が見えてきた。

船がいくつも浮かび、私からは見えない向こう岸に向かってゆっくりと進んでいる。

「……あっちが、死んだ人の国か」

揺れて煌めく水面が誘うようで、ただ見入ってしまう。

川の遥か上流のほうに目を向けると、巨大な橋がかかっているのがぼんやりと見えた。静かに心が凪《な》いでいく感覚。このままあちら側に渡ったら、永遠の心の平穏があるんじゃないかと考えてしまう。

「だめだめ。こんなことを考えるなんて、寝不足なのが良くない。あっちへ行ったら、おばあちゃんに会えたとしても、絶対に悲しまれる」

声に出して自分に活を入れ、川面を眺めるのをやめた。

市は、すぐにわかった。

まるで花火大会の日に並ぶ露店のように、川沿いの広い道の両脇にずらりと遠くのほうまで店が並んでいる。

なかには海外の蚤《のみ》の市のような店もあり、とにかく多種多様な店舗がところ狭しと賑やかに軒《のき》を連ねる。

立派な店を構えていたり、地面に布を敷いただけだったりと店の見た目は様々だ。

そこかしこを歩いているのはほとんどが妖のようだったが、なかには人の姿もあった。

けれどみんな着物の合わせが逆だったので、死者の世に渡る前に少し寄っているだけなのかもしれない。

すれ違う妖が私を見て驚くけれど、そんなのは気にしていられない。

とにかくいまは、薬師の店を探さないといけない。

きょろきょろと辺りを注意深く見渡しながら歩いていると、露店と露店の間に奥へと続く薄暗い小路を見つけた。

直感というのだろうか。たしかめてみたくて、一歩その小路に足を踏み入れた途端。

辺りの空気がひんやりと一変したのを、肌で感じた。

小路の両脇には、なんだかわからないガラクタが何メートルも積み上げられている。

それが影になり、いっそうその辺りが暗く見える。

長い小路を進んでいくと、あれだけ賑わっていた市の喧騒《けんそう》がいつの間にか聞こえなくなっていた。

構わずそのまま進んでいくと、突き当たりにぽつんと建つ店が見えた。

木造の古い建物、窓辺に並んだ大きなガラス瓶には、猿に似た生き物の頭が詰められている。

「えっ、何!?」

思わず声を上げると、その頭たちがぎょろりと一斉に私を見た気がして、足がすくんでしまった。

建物の入り口。木の引き戸のそばには、長いながい釣り竿《ざお》のような、しなやかな黒いものが立てかけてあった。

「これが……地震なまずの髭？」

多分、ここが行商のおじいちゃんが言っていた薬師の店だ。

ためらう心に活を入れて、引き戸に手をかけた。

戸は、思いのほか軽やかに開いた。

店のなかは薄暗かったが、天井から吊《つ》るされた見覚えのある姿に腰を抜かしそうになる。

「かりょう……びんが」

以前花畑で見たあの白く瑞々《みずみず》しい肌は干からび、大きな羽も乾いたようにパサついている。

くぼんだ目元に眼球はなく、喉元もざっくりと裂かれていた。まるで、剥製《はくせい》かミイラだ。

「……あれまぁ、珍しいお客さんが来たもんだ」

天井から吊るされたものに私が釘《くぎ》づけになっている間に、奥から薬師である店主が出てきていた。

真っ白な長髪に、ひょろりと大きな人の体。けれど着物から伸びた腕には鱗模様が見える。

若い男性の声。薄く開いた口元からは、蛇に似た長い舌がちろりとのぞいた。

そして真っ黒な目が、私をしっかりととらえている。

「あ、あの……」

「人間のお嬢さん、迦陵頻伽を知っているんだね。こいつは美声だから以前、その声が欲しいとお得意さんに頼まれちゃって……捕まえて声帯を取り出したんだぁ。で、姿が綺麗だから、吊るして飾ってんの」

天井を指さしケタケタと笑う声に、固まってしまった体の力が少し抜けた。

怖すぎて、逆に脱力したのだと思う。

店内をそっと見回せば、あちこちに……かつて生き物だったものが吊るされたり、詰められたりしていた。

きっとみんな命をなくしているはずなのに、目だけがぎょろぎょろと動いている。

何かの生き物の、割り箸《ばし》みたいな細い腕が束ねられて吊るされたものは、その指が一……二……三と指を折り、数を数えている。

「どうしたの、迷子になっちゃった？　早く帰ったほうがいいよぉ」

来た道を戻ればいいだけだと、白く長い腕をにゅっと伸ばして、私の背後を指さす。

私はごくりと息を呑んで、自分が逃げだしてしまわないように拳を握り締めた。

「今日は、こちらに用があってきました。お薬をいただくか、お話を伺いたくて」

店主は「はぁ？」と声を上げた。

「ここが危ない店だって、誰かに聞かなかったのぉ？」

「聞きました。だけど緊急事態なんです。こちらの店主さんの、薬の調合の腕は確かだと聞いてきました」

長い前髪の隙間から、店主の瞳が興味をもって見開かれていく。

「緊急事態？　そういうの大好きぃ！　何なに、どうしたの」

ぐっと距離が縮んでひるんだが、逃げだすわけにはいかない。

「実は、赤ちゃんの熱が下がらないんです」

レンがやってきた経緯、三、四日ほど高熱がでてぐったりしていること。

そしてお医者さまも匙を投げてしまいそうだと訴えた。

「なので、お薬か、何か高熱を下げるヒントを貰えたらと思ってこちらに来ました」

店主は、うんうんと大袈裟《おおげさ》に頷く。

「話はわかった。それで、熱の原因もわかっちゃったよ」

不安に囚われていた心に、光が差す。

「では、お薬をいただけますか？　対価も用意してきました。私の大切にしていたものです」

そう言って祖母の形見の指輪を見せたけれど、店主はあまり興味がないような顔をした。

「ぼくはそれより、お嬢さん自身の何かが欲しいよ。生きた人間が、狭間ではどれだけ価値があると思ってるのぉ？」

「価値、ですか……」

「そぉだよ、その目ん玉も、心臓も、子宮なんて最高だもの」

とん、と着物の上から、店主は私のお腹をつついた。

喉を裂かれ吊るされ乾いた迦陵頻伽の亡骸《なきがら》が、私をじっと見ている気がする。

「お腹の中身は……困ります」

開いたが最後、すべて抜かれてしまいそうな雰囲気だ。それでは死んでしまう。

「目はぁ？」

「目もだめです。赤ちゃんのお世話ができなくなります」

まるで問答だ。その間にも、必死に差しだせるものを探す。

下を向くと、さらりと黒髪が揺れた。

「なら、この髪はどうでしょうか？」

髪なら、ばっさり切っても問題ない。レンのためなら、坊主になってしまっても構わない。

……もし、髪ではだめなら、やっぱり片方の目を対価に差しだそう。

本当はとても怖いけれど、レンのためだ。

店主は私を眺めながら考え込んだが、そのうちに「いいよぉ」と明るく答えた。

ものすごく、ほっとしてしまった。多分顔にでてしまったと思う。

ニッと笑った店主はまた腕をにゅっと伸ばし、乱雑に本や瓶などが積まれた机から、錆《さ》びた小刀を差しだしてきた。

受けとると、ところどころが錆びと赤黒い何かで汚れた刀身に、青い顔をした自分が映る。

「ざっくりとちょうだいね。間違って首でもかすめて、お嬢さんの血がついたら嬉しいなぁ」

光のあまり入らない、薄暗くホコリっぽいごちゃごちゃと亡骸たちがひしめき合う店内。

店主の目、瓶に詰められた猿たちの目、迦陵頻伽の真っ黒な目のくぼみが私に向けられている。

血……血がついたら嬉しいって、それってわざとかすめろってことなんだろうか。

ごくりと息を呑むと、首筋に汗が流れた。

「はやく、はやくぅ！」

店主が急かすので、手のひらからも汗が滲んだ。

覚悟を決めて、自分の髪をぐっと左手で後ろに掴む。

右手で小刀を握って……髪に当てようとした瞬間だった。

「……だめだ」

そう言って掴まれたのは、私の手ではなく刀身のほうで……。

驚いて振り返ると、犬飼さまが小刀を握って立っていた。

その手からは、血が垂れている。

「犬飼さま、どうして……っ！」

「……ひとりで出歩いたらいけないと、約束したろう？」

怒鳴ることはなく、静かな声が落ちてくる。

犬飼さまは錆びた小刀を店主に返す。

「わあっ！　雷神さまの血だぁ、これはレアだ！」

店主は犬飼さまの血のついた小刀を、まるで宝物のように高くかざして喜んでいる。

「怪我、血……っ、どうしよう」

「大丈夫だ、放っておけばすぐ塞がるよ」

けれど、血はぽたりぽたりと落ちて、床に滲む。

「もったいな～い！　けど、これ塗ってあげなよ。すぐに血が止まるから」

ポイッと渡された、小瓶に入った謎の軟膏のようなもの。

犬飼さまと目を合わせ、頷いたのを確認してすぐに人差し指ですくいとる。

強烈な刺激臭がして一瞬ひるんだが、それを切り傷に塗ると、あっという間に塞がった。

「塞がって、血が止まった……」

「人間のお嬢さん、それ持っていっていいよぉ」

次の瞬間、私がはっとして、ここに来た本来の目的を思い出した時にはもう遅かった。

店主の声だけがして、その姿がどこにもない。私が背を向けている間にいなくなってしまった。

「まだ、まだお薬を貰ってません！　店主さん！」

そう叫んでも、もう声すらしなくなってしまった。

犬飼さまが、私の肩にそっと手を置いた。

向かい合うと、心配そうな表情で犬飼さまは私を見ていた。

「私、レンのお薬を貰いにきたんです……お薬が、熱が下がらないとレンが死んじゃう……！」

「屋敷へ帰ろう、レンが待っている」

「犬飼さまにも、怪我をさせてしまいました……っ、ごめんなさい……ごめんなさい！」

ここで泣くのは卑怯《ひきょう》だと、気を遣わせて怒れなくなるのをわかっているのに、涙が止まらなくなってしまった。

せめて下は向かずにおこうと顔を上げると、背後からにゅっと手が伸びてきて頬に流れる涙をすくわれた。

「ひゃっ……何っ」

「貴様っ！」

犬飼さまの低く恐ろしい声、それに店主の笑い声が重なる。

「人間のお嬢さんの涙だっ！　もったいない、もったいない！」

振り返っても、やはり店主の姿はない。でも頬には、撫でられた冷たい指の感触が残っている。

「私の涙、持っていったんだから、レンのお薬と交換してください！」

やけくそで暗い虚無へ向かって叫ぶと、恐ろしいほど甲高い声が頭の上からした。

「ひと晩、二人が赤ん坊を抱き締めて寝てやればいいんだよ！　ちっちゃい体のなかで暴走をしている有り余る霊力を、そうしてなだめてやればいい！　ああ、子供って面倒くさい！　愛だよ！　愛は素晴らしいね！　愛してるって、わからせてやればいいんだよぉ！　ああ、本当に面倒くさいっ！」

喉を裂かれた迦陵頻伽が店主のセリフに合わせてぱくぱくと口を動かしながら、私たちを見下ろしていた。

支離滅裂さ、そのおぞましい光景にゾッとして、背筋が一気に凍る。

犬飼さまは干からびた迦陵頻伽をじっと見上げてから、私の肩を抱いて店をあとにした。

私は小路を抜けるまで、あの冷たい指がまた頬を撫でるんじゃないかと……気が気でなかった。

お屋敷に帰ると、べしょべしょに泣くレンが麻さんに抱かれていた。

私がお屋敷を抜けだし、犬飼さまがあとを追ったことにレンが気づいてしまい、号泣して大変だったという。

みんなに平謝りし、麻さんからレンを受けとると、レンはさらに泣きながら私に抱きついてきた。

小さなレンの体は燃えるように熱く、抱いていた麻さんも汗びっしょりになっている。

そばにいてくれる犬飼さまに、思いきって聞いてみた。

「さっきあの店主が言っていたこと、信憑性《しんぴょう》はあると思いますか？」

少なくとも、店主から貰った軟膏は効いていた。目の前で傷が塞がるのを見たので、それは信用できる。

「……あの薬師は、もとは白蛇だ。神の使いだったけれど、神を守るために酷い呪いを喰《く》っておかしくなってしまったんだ。けれどいまでも神の使いだった名残で、真実しか口にできない」

犬飼さまは手のひらを広げてみせた。傷はすっかり消えていた。

「まやかしではない。本当に治っている」

黙って、私たちは見つめあう。

白蛇の薬師がいまも真実しか口にできないなら、レンに関するあの話も本当のことなのだろう。

犬飼さまも、きっと私と同じことを思っている。

試してみる価値や信憑性は充分にあった。

その夜は、犬飼さまの私室で寝かせてもらうことになった。

お屋敷の使用人のみなさんには、犬飼さまから説明をしてくれた。

私があらためて謝ると、あの薬師の店に行ったのかと口を揃えて心配をされた。

そして無事に帰ってきてくれて本当に良かったと、もうひとりでは絶対に行ってはいけないときつく約束をさせられた。

みなさんが口にする薬師の噂の数々に、あのままもし犬飼さまが迎えにきてくれていなかったら……と考えてゾッとした。

夜が更け、お湯で絞った手ぬぐいでレンの体を清める。

清潔な肌着を着せて抱き、犬飼さまの私室へ伺った。

緊張で足が止まりそうになるが、それより大事なのはレンの体だ。

部屋は、行灯だけの明かりになっていた。

「すみません、お待たせしました」

「いや、大丈夫だ。奥に布団を敷いてあるから」

レンは犬飼さまの顔を見て、「あうぅー」と呼ぶように弱々しく声を上げる。

「こっちに来るか、おいで」

私の腕から、レンが犬飼さまのもとへ移る。

少しだけむずがるように身をよじったが、そのあとはおとなしく目を閉じた。

初めて入る犬飼さまの寝室は、とてもシンプルなものだった。

奥一面にある閉められた襖の向こうは、草花が生い茂る庭になっているという。

ベッドでいうとキングサイズ以上に見える、ふかふかのお布団が真ん中に敷かれていた。

ぐったりとするレンを前にして、恥ずかしいなんて思うのはやめた。

レンが元気になったあとに、いくらでも盛大にひとりで照れよう。

犬飼さまはレンを布団に下ろすと、自分も向こう側に寝そべった。

「いつもと違う布団だから寝づらいかもしれないが、今夜だけ我慢してくれ」

気遣う言葉に、頭が下がる思いだ。

「私こそ、お邪魔してしまいすみません。ひと晩、どうぞよろしくお願いします」

そう言って、レンを挟《はさ》んだこちら側へ潜り込んだ。

ふうふうと荒い、レンの息遣いが聞こえる。

むずがり泣きだすたびに二人で起きて抱き上げ、水分を与え、落ち着くように頭を撫でてやる。

レンは私たち二人がそばにいるのが嬉しいのか、交互に顔を見たあとに、にっこりと笑う。

その弱々しい笑顔に私は涙が出てしまい、犬飼さまがそれを拭ってくれた。

次第に深い眠りにつくレンの薄いお腹に手を当てると、犬飼さまも同じくその上から手を重ねてきてくれた。

薄暗がりの静かな寝室で、私はあらためてちゃんと今日のお詫《わ》びとお礼を口にする。

「今日は……たくさんご迷惑をかけて、申し訳ありませんでした」

囁くように謝る。

少し動くたびに、掛け布団が擦れる音がやたらと大きく聞こえた。

「……環季の気配、というんだろうか。ふっと屋敷から消えた気がして、使用人に部屋に見にいってもらったんだ。そうしたらもぬけのからで……肝が冷えた」

「……聞いたんです。怪しいけれど、腕のいい薬師がいるって。市には……川の近くには行くなと言われていたのに……考えだしたらいてもたってもいられなくなってしまいました」

私はひとりで屋敷の外に出てみて、海のように大きな川に思わず見入ってしまったことや、犬飼さまが来てくれる前に起きた薬師の店での出来事を、包み隠さず話した。

そうして口にすることで、あらためて思った。いつどの瞬間も、人間の私ではすぐに死んでしまうような要因にあふれていた、と。

私はこの狭間の世ではあまりにも非力で、本当にどうしようもない。

「あの店では、問答に似たやりとりをしました。最初は目や心臓、子宮を欲しがられまして」

ぴくっと、レンのお腹の上で重ねられた犬飼さまの手のひらが動く。

「……っ、よく、よく無事でいてくれた……」

力の抜けた、消えるような犬飼さまの声が暗闇に溶ける。

「髪で妥協してもらおうとしましたが、やっぱり足りないなら片目くらいなら差しだす覚悟ができていました。そのくらい、レンが大切で愛おしくて……いつかお別れしなくちゃいけないのに」

レンを人の世に連れて帰りたいという私の願いは、きっと叶わない。

レンと別れる……その時を想像するだけで、胸が痛む。

犬飼さまは、ただ黙って私の手を包み込んだ。

レンを挟んで横になり、顔を見合わせた状態で、見つめあう。

その〝お別れ〟には、犬飼さまも含まれている。

いつかお別れする日がきて、私の記憶は夢を見たあとのように徐々に消えてしまうのだろう。

夢ではないと、この暮らしは本物だったと覚えていたいけれど、それもまたつらいことになりそうだ。

薄暗い天井を見つめているうちに、布団のぬくもりに体が温められ意識が遠のいていく。

今日はいろいろありすぎて、精神的にもかなり疲れていた。

寝不足もたたって、もう目を開けていられない。

「……レンのことも、犬飼さまのことも、あっちに帰ってからも覚えていたい……です。忘れたくないなぁ」

そう言葉にするのがやっとだった。

重ねられた手が離れ、すぐに指が絡められたけれど、私は反応できないまま意識を失うようにして眠りに落ちた。


小さな手のひらで、頬を触られる感触がして意識が浮上する。

「おかぁ」

幼い子供の声に、近所からレンにお乳を飲ませるために通ってくれている妖のお母さんの、子供の顔が頭に浮かんだ。

……今日も、お母さんと一緒に来てくれたんだね。

……あれ、……いや、違う、あの子はまだ喋れない。

なにごとかとびっくりしてまぶたを開くと、目の前に一歳ほどの男の子がいた。

黒髪に黒い瞳。可愛い可愛い、レンと同じだ。

レンだ、レンが大きくなっている！

「レンっ！　おっきくなったね、熱は下がったの……って、あれ？」

ゆっくりと体を起こす。

すぐ隣には布団に入ったまま上半身を起こした犬飼さまがいて、同じく驚いた顔でレンを見ていた。

「あの……おはようございます」

「うん、おはよう」

私たちの目の前ではいま、一歳ほどの姿になったレンがニコニコしている。昨晩着せていた肌着はすっかり小さくなっており、袖も身丈も短い。合わせの部分は、はだけてしまっていて、腰には半分ほどけた帯がだらりと垂れ下がっていた。そして昨日までと大きく異なっていて、犬飼さまと私が驚いていることといえば……それは、レンが宙に浮いている、ということだ。

「すみません、あの、つかぬことをお伺いしますが。犬飼さまも幼少期はこんな感じだったんでしょうか……？」

犬飼さまは、「俺は飛べない」と真顔で首を振った。

「おかぁ、だっこ」

ふよふよ浮いていたレンが、私の胸に飛び込んでくる。

「おかぁって、私のこと？」

ふふっと嬉しそうにしがみついてくるレンに、感動が込み上げてきて言葉にならない。

可愛い、可愛い、可愛い！

思いきり抱き締めて頬ずりをして、可愛いレンがもう高熱をだしていないことを確認する。

「レン……良かったね。もう苦しくないね」

「くるしいの、ない」

もう一度、元気なレンを確かめたくて抱き締める腕に力を込める。

自分が産んだわけでも、何年も一緒にいるわけでもないのに、愛おしくて仕方がない。

「レン、もう平気そうだな」

犬飼さまが、レンの後ろ頭に手を添えた。

レンが犬飼さまにも手を伸ばし、犬飼さまはその大きな手でレンの手のひらを握って微笑んだ。

「ちち、だっこ」

そう言って、今度は犬飼さまのもとへ抱きついた。

「ちち」と呼ばれた犬飼さまはレンを大事そうに迎え入れて、小さな体のあちこちに触れている。

「うん、熱は下がったみたいだな。ははは、着ていたものがつんつるてんだ。すぐに新しい着物を用意しよう」

「たしかに、いまある着物はもう着れそうにないですね」

聞いていたとはいえ、子供の突然の成長に、私と犬飼さまは顔を合わせて笑ってしまった。

くくっと笑う犬飼さまが、そういえばと声を上げた。

「白蛇が真実しか口にできないと知ってはいても、あの雰囲気や風貌ではその話も信じ難いと不安に思っていたが……環季は深く疑うことをしなかったな」

いまさらではあるけれど、と犬飼さまが窺《うかが》うような表情を見せて聞いてきた。

たしかにあの薬師の店主や禍々《まがまが》しく怪しい店内は、相当怖かった。

でも……目玉や子宮などを欲しがってはいたけれど、いきなり私を襲ったりはしなかったのだ。たったそれだけのことだけど、私はあの店主を警戒はしてしまうものの、深く疑う必要はないと思った。

それに店主は私のために、怪我をした犬飼さまへと軟膏をくれた。あの怪我がすぐに治らなかったら……私はいつまでも、もっと罪悪感を抱えていたに違いない。

そしてもうひとつ、決定的な理由があった。

「喋った感じですが、怖かったけど純粋な子供みたいな方だなって。それに何より、犬飼さまも私と同じ考え……店主さんを信じようって気持ちだというのが伝わってきて。だからきっと、大丈夫だと思ったんです」

勝手な想像ですがとつけ加えて、犬飼さまに笑ってみせた。

「環季……」

「本当に熱が下がって良かったです。それに成長もして……あっ、レン……は寝ちゃいましたね」

熱が下がり、なぜか宙に浮いていたレン。いきなり飛ばしすぎて、体力を使い果たしてしまったのかもしれない。

犬飼さまの腕のなかで、いつの間にかすとんと静かに眠っていた。

その健やかな寝顔に、再びほっと胸を撫でおろした。

「……あと少し、お布団をレンに借りてもいいですか？　このまま寝かせてあげたいんです」

「構わないよ、環季も、一緒にもう少しここで休んでいくといい」

そう言ってくれる犬飼さまからレンを受けとる。

ぴょんっと少しだけ跳ねた犬飼さまの髪を見て、心が和む。神様だって、寝起きには髪が跳ねてるのか。

しかしお顔は浮腫《むくみ》もなく、国宝級のパーフェクトさ。さすがだと考えているなかで、ふっと自分の姿が気になった。

起き抜けにレンのことがあり気が回らなかったけれど、私の髪は？　顔は？　頬に布団のあととかない？

レンを受けとった手が止まり、寝巻きにしている浴衣の、少しはだけた胸元に気づいた。

出てる、見えてる。ブラジャーが少し見え隠れしている。

さっきレンをめちゃくちゃに抱き締めた時に……いや、目を覚ました時点からすでに、はだけていたのかもしれない。

嬉しい騒ぎに、私は自分の姿がどうなっているかを、さっぱり気にしていなかった。

犬飼さまはそんな私の混乱を知らず、私の目の前でレンを寝かせるためにさっと布団を整えてくれている。

私はなんとか、せめてはだけた胸元だけでも合わせを直したいけれど、なんせ大きくなったレンを抱えていてはどうにもならない。

このままかがんでレンを下ろしたら、多分もっと胸元が見えてしまう。

魅力的な自慢の胸なら良かったけれど、あいにく平均的な大きさだ。

もう一度、犬飼さまにレンを抱いてもらう？　それとも、一瞬だけ向こうを向いていてもらう？

あまりにも私が黙ったまま動けないでいるからか、犬飼さまが「ん？」と様子を窺ってきた。

「あっ、お布団、ありがとうございますっ」

「ちょっと整えただけだけどな。さ、すっかりレンも重くなったろう？」

ニコッと、犬飼さまが笑ってくれる。軽く頭を下げるだけで、神様に胸元を見せるというセクハラ行為を働いてしまいそうになる。

見え隠れするブラジャー。いっそ、ずっと隠れていてくれないかな！

ああ……と思考がぐるぐる回る。犬飼さまは気にしないのか、気づいていないのか。

報・連・相のフレーズがまた頭に飛びだしてきた。小さなことでも、と言ってくれたのは犬飼さまだ。

「環季、どうかしたか？」

さすが神様、小さなことで焦る私に気づいてくれた。人の世にいる時も、犬飼さまが上司だったら良かったのに。

「あ、あの……」

「ん？」

犬飼さまの表情が、一瞬険しいものになる。……絶対に誤解した。大変なことが起きたかと、誤解させてしまっている。

「あのですね、すごくつまらないことなのですが……少し向こうを向いていていただけますか？」

「どうして？」

即答だ。しかもちょっと目が怖い。

「えっと……実は……浴衣の合わせを直したいのですが、レンを抱っこしていて手が塞がっていまして……」

顔から火が噴き出しているのかと思うくらいに、熱い。

犬飼さまが少しだけあっちを向いていてくれれば、その隙にレンを布団に下ろし、素早く浴衣の合わせを直せる。

それで完璧。何も問題はない。

私の話を聞いた犬飼さまの顔が、ぼぼっと耳まで赤くなった。

そして視線は、がっつり私の胸元へ釘づけになってしまっている。

「いいい、犬飼さまっ」

「わあっ、すまん！　思わず確認してしまった！」

そう謝りながら、犬飼さまは風よりも早く私の乱れた合わせをぐっと自分の両手で閉じにきた。

思わぬ素早さ、突然の行動に驚いて言葉がでない。

浴衣越しに、胸にも軽く触れられてしまっている。

「あっ」

固まる私に気づいて、犬飼さまもそのまま動かなくなってしまった。

すごい近距離で、美男子な神様が真っ赤な顔で汗をだらだら流し、明らかに焦っている。

「……本当にすまない。環季が困った顔をしていたから、何も考えずに自分で合わせを閉じにいってしまった」

「……ふふっ、あはは！　思わず体が動いちゃったんですね」

私がそう言うと、犬飼さまはしゅんとした顔をした。

「あまりにも環季の肌が白く眩しくて、すぐにしまわないとと思ったんだ」

見える……私には、犬飼さまの頭にぺしょりと垂れてしまった、犬耳が見える。

神様なのに、私よりもうんと年上なのに。犬飼さまは女性に慣れた感じもなく、落ち着いているのに純情な部分もあって。

私はふうっと息を吐いて、目の前で固まる犬飼さまの胸元に抱いたレンが潰れないよう、軽くこてんと額をつけた。

自分でも大胆な行動だと思ったけれど、不思議とそうせずにはいられなかった。

この神様のそばに、少しでも近くにいたいと思ってしまった。

「ちょっとだけ、このままでいさせてください」

「環季……？」

「いつも、私やレンのために……大変なこともたくさんあるのに、いやな顔をしないでくれてありがとうございます」

会社では人の顔色に敏感になっていたから、犬飼さまがいやな顔をひとつもしないでいてくれることが、救いになっていた。

なんにもわからない狭間のこの世界で、犬飼さまにそういった顔をされてしまったら……私は勝手に肩身の狭い思いをしていたと、簡単に想像ができる。

迷惑もいっぱいかけているのに、いつも気を配り、心配をしてくれている。

何度頭を下げても、何度お礼を言っても足りないくらいだ。

「そんなこと、当たり前だろう」

「私が働いていた環境では、当たり前ではありませんでした。少しでも上司の機嫌を損ねれば、怒鳴られましたし。何もしていなくても、不機嫌を隠さない人でしたから」

周囲に機嫌をとってもらわなければいけない、残念な人だった。

「それは、人としてどうなんだ？」

「どうなんでしょうね……まあ、再就職には少し苦労されるかと。でも案外、どこかの会社にしれっともうお勤めされているかもしれませんね」

目上の人間には調子の良かったあの上司の顔を思い出したら、心にいやな汗をかいた気がする。

犬飼さまはやっと私の浴衣の合わせから手を離したと思ったら、私をレンごとそうっと抱き締めた。

大きな手が、いたわるように私の背中をさする。

甘えるのを許されたような気になって、私はもっと体の力を抜いた。

「環季は、人の世でも頑張っていたんだな。よしよし」

「……頑張りました。もう二度とあんな勤務形態をとる会社には勤めません。自分の体を大事にします」

「それがいい。環季の話を聞くと、屋敷の主として気が引き締まるよ。もっと働く妖たちの話を聞くことにしよう」

「犬飼さまは大丈夫ですよ。みなさん、私にも犬飼さまがどれだけ優しくて素晴らしい方か話してくれます」

顔を上げて犬飼さまを見ようとしたら、すぐそばに端整なお顔があった。

犬飼さまも、私を見つめている。

背中をさすっていた手が止まり、その手が私の頬に触れた。私はその手に、頬を軽く擦りつける。

ぴくっと、犬飼さまの肩が揺れた。

「……環季も、そう思ってくれているのか？　俺は、環季に優しくできているだろうか」

「はい……こんなふうに甘えてしまうくらいに、私は優しくしていただいています」

激しく心臓が鼓動する。頬を撫でた犬飼さまの指先が、耳元までをなぞる。

「可愛いことを言う……」

犬飼さまのお顔がさらに近づき、私は自然と静かに目を閉じた。

私……犬飼さまのことが好きなんだ。はっきりとそう思った。

このまま、犬飼さまと……。

その時、ぴりっと足首の痣が鋭く痛み熱くなった。

「……あっ、雨が……」

私はつい、目を開けて声を上げてしまった。

途端にパタパタパタッと、雨粒が屋根に落ちる音がする。

犬飼さまは、はっとした顔をして急に立ち上がり、縁側に面した障子を開けた。

そうして、さらにその向こうのガラス戸を開けると、信じられない光景が広がっていた。

青い空、光を受けた小雨が降るなか、中庭に豪華な花嫁行列が現れたのだ。

「狐《きつね》の嫁入り……？」

誰もが紋付袴、留袖を着ている、立派な行列。全員が狐の面をかぶり、こちらを見ている。

「雷蔵さま！　今日こそ結婚していただきますよ！」

そう宣言する行列の主役である花嫁は、白無垢を着てはいるけれど……その髪は金髪で、肌を黒く日に焼いた、ギャルだった。

白無垢と黒ギャル、ギャップがあるけれど眩しい白無垢に肌のコントラストが綺麗だと思った。

何より、目が釘づけになってしまうほどの美人なのだ。

私はその神秘的な光景に驚いたのと同時に、自分以外の花嫁を名乗る人物がいたことに、一瞬にしてひどくショックを受けた。

さっき、可愛いって言ってもらえて嬉しかったのに。

自分でも思いもよらない、低い声が出る。

「……犬飼さま、これはいったいどういうことでしょうか」

犬飼さまはすぐに振り返り、私の顔を見て「違う！」とぶんぶん首を振る。

「違うとは？　女性がこんなにも立派な支度でいらしてるんです。それを、違うってどういうことですか？」

レンが起きないよう、努めて冷静に言葉を綴《つづ》る。

花嫁行列のみなさんは、「おっ」と珍しいものでも見るように、興味津々に見学を決め込んだようだ。

「私と、どう違うんですか？」

本来ならひと晩で人の世に帰される仮初の花嫁の私と、立派な花嫁行列でやってきたギャル。

彼女も、犬飼さまの花嫁なんだろうか。神様だもの、奥さんはひとりだけってわけではないのかもしれない。

でも、だからって、いまこのタイミングって。神様って酷い。

……犬飼さまのことが好き、だと自覚した途端にこんなことになるなんて。

「どう、違うんですか。犬飼さま」

「ちゃんと説明する、聞いてくれ！」

嫉妬やショックで苦しくなった心が悲鳴を上げるけれど、私は絶対に泣くもんかと固く口を引き結んだ。

四章

月森《つきもり》家は、狭間の世でも強い力を持つ狐の一族だ。

四本尾を持つ天狐が始祖だとされ、今当主のひとり娘・月森美狐《みこ》は蝶《ちょう》よ花よと育てられている。

ほんの四十年ほど前に生まれた美狐は、俺からしたらまだまだ子供と一緒だ。

姿は環季と同じくらいの歳に見える。頭が良く、行動派で情に厚い。

だから傷つけることをためらい、邪険にはできなかった。

しかし美狐は一方的に俺にひと目惚れしたと言い、狐の嫁入りと称して屋敷へ入り込んだことは数知れず。

そのうち飽きるだろうと無責任に放っておいたツケが、いま回ってきてしまった。

環季が俺を、酷い女たらしを見るような軽蔑《けいべつ》を含んだ眼差しで見ている。

修羅場である。

月森一族のひとり娘・美狐と、龍の花嫁である環季。二人に挟まれて、俺は非常に肩身の狭い思いをしている最中だ。

レンを青行燈の三姉妹に預け、狸には早急に応接室の準備をしてもらった。

毎度花嫁行列に参加させられている一族は、「今回もお疲れさま」と言っていつもどおり早々に現地解散だ。

俺と環季は寝巻きから着替え、美狐の相手をしている。

美狐は俺の布団に一緒にいた環季の姿を見て、さっきから怒り心頭だ。

一方的に自己紹介をしたかと思ったら、再び口を開いた。

「あなた、ぽっと出のくせに、よくもまあ、雷蔵さまのお屋敷に居座ってるわね！しかも、雷蔵さまのお部屋で、お布団に……い、一緒に寝ていたなんて！」

「ただ意味もなく居座っているわけではありません。事情があって、自分からお願いして置いてもらっています。お布団に一緒にいたのは、どうしようもない理由があったからです」

「そっ、それが居座ってるっていうのよっ。それに何よ、どうしようもない理由って！　うっ……羨ましい！」

美狐はひたすら、環季に言葉で噛みつく。

環季に屋敷にいてもらって、助かっているのは俺のほうだ。

レンのこともあるけれど、環季がいると屋敷の雰囲気が明るくなる。

ちらりと環季に視線を向けると、信じられないものでも見るような目で俺を見ている。

「あの、いまさら私の自己紹介もあれなんですが、灰塚環季といいます。〝はるおこし〟という神事の最中に突然、ここに飛ばされまして。すぐに行うはずの、仮の祝言の準備ができていないと言われていて……あちらへ戻るのに必要な、青い花もまだ咲かないとのことなんです」

「かっ、仮であっても祝言なんて、そんなの聞いてないんですけど！」

「百年に一度の神事だ。前回は美狐の生まれる前のことだから、本当かどうかは月森の当主に聞いてみるといい」

美狐はぐぬぬ……と拳を握ったが、深呼吸をして気持ちのコントロールをしているようだ。

そんな様子の美狐に、環季はさらに事情を話す。

「……それに小さな子供も育てているので、いまは帰れません」

どう言われても帰れないものは帰れないと、環季は美狐にはっきりと言いきった。

この環季の言葉を聞いて、美狐がはっとした顔をする。

「あなた……いえ、環季と呼ばせてもらうけど。もしかして、さっき抱いてた子供……環季はシングルマザーってやつなの……？」

明らかに生活するのには不便そうな長い爪をわななわなさせて、美狐が環季に聞いている。

「そうだと言えば、そうですね。あの子……レンは私が産んだわけではないですが、気持ち的には私の子です」

環季がレンに注ぐ愛情は、本物の母親と同じだ。

「そんなん……環季は、こっちに来たばかりなんでしょう？　すごく大変じゃない……！　うちの一族にも、わけありでひとりで子を産む者もいるわ。でも一族の子は、みんなの子。協力して育ててる」

「私は犬飼さまや、お屋敷のみなさんに助けてもらっています。私ひとりでは、到底無理です。美狐さんの一族は、みなさんで育てるなんて素敵なんですね」

美狐はまんざらでもない顔をして、嬉しさで口元がゆるまないようにしているのか、鼻を膨らませる。

月森の一族は、情が深い者が多い。美狐もまた、頭にきている一方で環季の心配をはじめていた。

「私は、あなたのほうがつらいと思いました。犬飼さまは、イエスもノーもはっきりと伝えないまま、あなたを放っておいてるの？　花嫁行列までしてきているのに？」

ぎろり、と環季の鋭い視線が再び矢のように刺さった。

「いや、その……」

環季の同情が込められた言葉に、美狐は怒るどころかしおらしくなる。

「雷蔵さまはいつだって、何も言わないよ。無口だから。それでもいつか……なんて夢見て、ついつい行列しちゃうけど」

「ああー……たしかに少し無口かもですね。口下手とも言いそうですが」

「ね！　そういうところが、大人っぽいなって思うの！　ねぇ、あたしのことは美狐って呼んで」

へへっと笑って、バッサバサと長いまつ毛を瞬かせた。

狸に昔から言われていた。はっきり「迷惑だ」と言ってやるのも優しさだと。けれど、美狐を子供の頃からずっと知っている身としては、泣かせたくないという気持ちのほうが勝ってしまっていた。

いつか飽きる、いつか本当に好きな奴が現れる。そう思いながら放置してしまった。そのツケが、回ってきたのだ。

美狐はすっかり環季との会話に夢中で機嫌も直しているが、環季は……明らかに俺に対して怒っている気がする。

「ねぇ、環季の世界にはギャルっているでしょう？　あたし、昔一度だけ人の世に連れてってもらったことがあってさ。渋谷《しぶや》で見たギャルたちが強そうでかっこ良くて。だから真似してるの」

「そうなんですね！　黒ギャルちゃん、いますよ～。昔よりは減ったかもですが、美狐さんと同じくギャル好きな人が続けていますよ」

「本当に？　嘘ついてない？　一族のみんなは、やめろって言うんだよ。狭間じゃギャルなんていないからって」

たしかに狭間で、美狐と同じような目を引く派手な格好をしている妖は見たことがない。

しかし、〝ぎゃる〟、〝くろぎゃる〟とは、いったいなんだろうか。

環季はきょとんとした顔をして、美狐に向かって言った。

「狭間にはギャルがいないって、多分当たり前ですよね。美狐さんみたいないいところのお嬢さんだって、昔に一度行ったきりだという人の世に、普通の妖はおいそれとは行けなそうですもん」

「えっ」

「見たことのない人には、ギャルの可愛さの全部はわかんないです。私、東京で暮らしてたんで見かける機会は多いほうでしたが……彼女たちは全力武装の可愛さで、とっても素敵でしたよ」

盛った髪、綺麗に日焼けした肌、ヘルシーで際どく可愛い洋服。爪の先まで完璧に可愛いで武装して、思わず目線が奪われたと、話をする。

俺にはまるでちんぷんかんぷんで、黙って聞いているしかない。

「待って、環季って東京にいたの!? あの、東京に!?」

「はい。職場も住まいも東京でした。でもアパート……住まいですね。借りていた住まいを手放して、いまは犬飼さまのお屋敷にお世話になっています」

ひぇぇ、トーキョー……!と、美狐が羨望の眼差しで環季を見ている。

「じゃあさ、うちに来なよ！　子供ごとうちで面倒見ちゃうよ！　それで、もっと東京の話とか、流行りの話を聞かせてよっ」

美狐はすっかり環季に懐いたようで、さっきまでの修羅場の空気は跡形もなく消え去っていた。

「いいですね、甘えさせてもらっちゃおうかな。優柔不断な犬飼さまのお話も、もっと聞きたいし」

「えーっ！　雷蔵さまの話はいいよ、もっと楽しい話しよ！」

どうやら美狐の俺に対する扱いは、〝ぎゃる〟や流行りの話より優先順位が低いようだ。それを聞いた環季は、美狐のそんな態度から何かを悟ったような顔をしていた。

結局そのまま、環季はレンを連れて美狐と一緒に月森家の屋敷へ泊まりにいってしまった。

病み上がりだからどうかと思ったレンは、持て余すほど元気だった。環季と一緒にお泊まりだと聞くと、俺のほうなど見向きもせずに喜んで美狐についていった。

そして……。

待てど暮らせど帰ってこないので、堪らず三日目の朝に迎えにいくと。

環季は「遅いですよ」と言って、笑って迎えてくれた。


屋敷では皆が環季とレンの帰りを喜んだ。

その光景を見て、あらためて二人が帰ってきてくれたことに感謝をする。

本人に自覚はなさそうだけど、環季には不思議と人を惹《ひ》きつける力があるようだ。

それは花嫁が儀式の間、狭間で困らず生きられるようにとそなえられた特殊な能力なのか。はたまた、環季がもって生まれたものなのか。

どちらにせよ。月森家でも皆が、環季が帰ることを非常に残念がったと聞いた。

俺は環季に、美狐のことをきちんと話したいと切りだした。

いまは日課の、花畑への散歩の最中だ。

この散歩はもともと、青い花が咲いていないかどうかを確かめるのが目的だった。

しかし環季がレンの面倒を見たいからまだ少し先までいると決めてくれたあとも、会話の時間を確保するために続けている。

散歩の時はいつも、レンがはしゃいで遠くへ飛んでいかないようしっかりと俺が抱いて、雷獣たちも一緒だ。

環季がやってきて狭間の世の一ヶ月は経っただろうか。草履にもすっかり慣れ、俺の隣を歩幅を合わせて歩いている。

はじめはぎこちなかったのに、日に日に履きこなしていくそのさまを、嬉しいと感じていた。

そして、狭間の世での暮らしに馴染んでいく姿を見て、一日でも長くここにいてくれたらと……そんなふうに思うようになっていた。

「環季、いま少しいいだろうか」

「はい、なんでしょう」

黒髪を風になびかせて、環季は俺を見上げた。

「美狐のことだ。俺は、あの娘が赤ん坊の頃から知っている。俺に対する気持ちも、もちろん知っていた。ただ……どうにもそれが本気ととれなくて。飽きるまでは自由に、好きにさせていようと放っておいてしまったんだ」

都合のいい言い訳に聞こえるだろう。狸にもずっと、はっきりした態度をとったほうがいいと言われていたのに。

「美狐さんがやってきた時……私、本当にびっくりしたんですよ？　私に『花嫁殿』なんて言っておきながら、もうひとり花嫁が出てくるんですもん。ハーレムかよ～って」

いまだから笑えると、環季は目を細めた。

「〝はぁれむ〟とは、なんだ？」

「権力者が自分の力を誇示するために、女性を何人も囲い込むことですよ」

「なっ、そんなことは絶対にしない！」

「だって、犬飼さまは神様ですもん。ギリシャ神話なんて愛憎渦巻《うずま》いてるでしょう？そういう感じのかと思いました」

レンが腕からすり抜けて、頭の上によじ登ってきた。

あれからレンは一歳半〜二歳ほどの外見に成長し、言葉をたくさん覚えておしゃべりもうまくなってきた。

環季のことは相変わらず「おかぁ」と呼び、俺のことは「ちち」と呼ぶ。

ちち、とは〝父〟のことだろうか。環季のことも突然「おかぁ」と呼んでいた。

赤ん坊だった数日間のうちに、屋敷の誰かが話す『お母さん』や『父』という単語を聞いていたのかもしれない。

自分が父、と呼ばれる日が来るとは思わなかったので、はじめは驚いた。

そして、じわじわと嬉しさが湧いてきた。

小さな存在が〝ちち〟というものをどうとらえているのか、いつも抱っこして運んでくれる者を〝ちち〟と呼んでいる可能性もあるが……それでも構わない。

「ちち、はぁれむってなにぃ？」

「なっ、そ、それはっ……！」

「頼りになる男の人に、みんなが集まってくることだよ」

慌てる俺をちらりと見て、環季がさらりと答えた。

広い意味、穏やかに言い換えたらそうかもしれないけれど。

レンがもっと話がわかるようになった時に、必要ならあらためて説明してくださいね……と環季が視線だけで強く訴えてきた。

花畑につくと、レンは俺の頭から下りて駆けだしていった。

それに続いて雷獣も、転げるように走りだす。

可愛いレンと、モフモフと綿あめみたいな雷獣が花畑で跳ねているさまは、本当に可愛らしい。

父性みたいなものをごんごんに刺激されて、レンは自分の子では？と錯覚してしまう時もある。

だから三日も二人が美狐の屋敷へ行ってしまって、とても寂しかった。

環季はレンがあまり遠くへ行かないように目を配りながら、ぽつりと口を開いた。

「……はじめは自由奔放だと思ったんです、美狐さんのこと。いいとこのお嬢さんで、好きなことに全力で不自由なんてないんだろうなって……」

美狐は月森家の次期当主だ。ひとり娘なのもあって、ある程度のわがままは許されているように見える。

「でも実際にきちんと話したり、お家に行ったりしてみたら、イメージとはだいぶ違っていました。美狐さんのご両親は彼女に対してとても愛情深く優しかったですが、同時に、かなり厳しい面もありました。私の勝手な想像ですが、犬飼さまに〝恋をしている〟ことで、まだ自由でいたかったのかなって……」

「自由に？」

「美狐さんには、お見合いのお話がたくさん届いているようです。けれど、全部『雷蔵さま以上の人でないといや』と言って、断っているみたいで。ご両親も、犬飼さまがうっかり美狐と結婚してくれたらいいのに……なんて言っていました」

環季が、ふっと笑う。

「美狐さんも『雷蔵さまはあたしを放っておいてくれるから助かる』って言ってました。これはそれらの話から得た、私の感想なのですが……美狐さんは犬飼さまのことを、親戚のお兄ちゃんみたいな感覚で好きなのかなって思いました」

ある程度距離を置いて好きにさせておいてくれる存在、そういう感じだと環季はつけ足す。

「今回のことでは、環季を驚かせていやな気持ちにさせてしまった。申し訳なかった」

情けない顔をしている自覚はあるが、どうにも表情を取り繕えない。

環季には、なるたけ笑っていてほしい。健やかに笑っていてほしいと、純粋に思っている。

けれど今回、環季を不安にさせてしまった。

俺を見上げる環季は、ふふっと笑みを浮かべた。

「迎えにきてくれて、嬉しかったです。あの時は思わず、その場と私の気持ちの勢いだけでお屋敷を出ていってしまったので。いざ帰ろうと思った時、いまさら犬飼さまにどんな顔をしていいか、わからなかったから」

だから、ありがとうございます。そう言って環季は目を細めた。

その後。屋敷に戻ると、贈りものだと言って、可愛らしい犬の絵付けのされた湯のみを環季から渡された。

「自分でお金を得て、初めて買ったものです。良かったら使ってください。レンとお揃いの犬柄なんですよ」

世話になっているお礼と言って渡された湯のみは、その日から俺の宝物になった。

数日後、レンが突然「いちに、いってみたい！」と言いだした。

理由を聞けば、美狐の屋敷に泊まっている間に川遊びをして、そこで遠くに市を見たのだという。

「川には近づくなと言われていたのに、ごめんなさい」

環季が申し訳なさそうな顔をして、頭を下げる。

「川遊びって、まさか川にでも入ったのか？」

環季は違いますと言って、レンを抱っこした。

今朝は早起きしたレンが寝巻きのまま私室に突撃してきたのを、環季が追いかけてきている。

「屋形船を貸し切ってくださって、川をゆったり下りながらご馳走をいただいたんです」

月森家の当主がレンをたいそう気に入り、いろいろ体験をさせてやろうという提案の一環だったらしい。美狐の父親である現当主は、神ではないものの妖の部類においては最上級で、相当な霊力をもっている。その御仁《ごじん》が一緒だったというのなら、まず危険な目に遭う心配はない。環季は俺との約束があるからと一度は断ったらしいが、美狐や当主らに説得され、今回だけと誘いにのったという。

レンは月森家当主夫婦や使用人たちにめちゃくちゃに甘やかされ、美狐と環季はたっぷりおしゃべりができて楽しかったと報告された。

その屋形船から岸に並ぶ市を見て、レンは楽しそうなあそこに行ってみたいと思ったという。

「そうだなぁ、あまり散歩以外に連れだしてやれていないからな」

「すみません、私がひとりで連れていければいいんですが……」

「川に行ってはいけないと約束させたのは俺だ。だから環季は気にしないでくれ」

非力な環季と、どこへ飛んでいくかわからないレン。環季の苦労を考えると、一緒に行くのが最適解だ。

環季から離れ俺の頭にまとわりつくレンを捕まえると、にししっと鼻に皺を寄せて悪戯っぽく笑った。

幼児ながら、ずいぶんと体つきがしっかりしてきた。

小さくふにゃふにゃで、熱をだしてぐずっていたとは思えないくらいに元気にすくすくと育っている。

「レン。今日は朝ご飯を食べたら、いつもより少し遠くに散歩に行こうか？」

「とおくって、ほんとうに？」

「ああ。市に行ってみよう。ちゃんと手を繋いでいられたら、何か菓子でも買ってあげようかな」

ぱあっと表情を明るくして、力強く抱きついてきた。

「ちち～！　だいすき！」

「俺もレンが大好きだよ。さあ、朝の支度を済ませてしまおうか。髪がすごいことになってるぞ」

寝相のとても悪いレンは、毎朝芸術的な寝癖がついている。

それをぴょこぴょこさせて、「たのしみぃ！」と叫んだ。


この日の朝は、珍しく急に冷え込んだ。

人の世のような季節の移り変わりがなく、ほぼ春先の陽気の狭間では珍しいことだ。

そんな日でも、市は賑やかだ。今日はいつもより店の数も妖の数も多いように感じる。

すれ違う時にも肩が触れ合いそうになるほど、大きな通りはごった返していた。

賑やかだと思ったら、どうやら音楽を奏でる団体が来ているようだ。

曲に合わせて大筒《おおづつ》が撃《う》たれ、空で弾けると七色の小さな花の吹雪が舞い落ちる。そのたびに歓声が上がり、みんなが楽しそうに見上げた。

これでは、小さなレンが歩くのには危ない。

肩車をしようと、比較的に人通りのまばらな端のほうに移動する。

「ちち！　おみせ、いきたい！」

「肩車するから、そうしたら行こう」

レンは賑やかに立ち並ぶ出店に夢中で、視線はあちらに向いてばかりだ。

「すぐお店に行けるから」

そう言って、抱いていたレンを一度地面に下ろすと。風のような速さで走りだし、人混みに紛れて見えなくなった。

「レンっ！」

あっという間だった。

「あんなに速く走れるなんて、知らなかった……！」

「私も初めて知りました、早く追いかけなきゃっ」

不安な表情を濃く浮かべた環季と、レンが飛びだしていった方向へ追いかける。

レンが大人たちの足元をちょこまかと進んでいくのが、後ろを追いかける俺たちからも、ちらちら見える。

「レンっ！　待って、止まって！」

環季がそう大きな声を出しても、夢中で進むレンの耳には届かないようだ。

そうしているうちに、どんどん離れていってしまう。

レンは止まらない。環季も、人混みからうまく進めず俺との距離が広がりそうだ。

このままでは、どちらともはぐれてしまう。

……いまは緊急事態だ。俺は立ち止まり、環季に手を伸ばした。

環季は一瞬驚いた顔をした。けれど、自分もこのままでははぐれるとわかったのだろう。

パッと白い手を俺に伸ばして、差しだした手を掴んだ。

その刹那《せつな》、全身の血が沸騰するかと思った。

「手、ありがとうございます」

「いや……、レンを追いかけよう」

「はいっ」

そう言うと、環季からも重ねた手を強く握ってきた。

俺は高い体温を悟られないように、冷静を装った。

レンは人だかりのできた店の前で、やっと足を止めた。

店先に吊るされた、パチパチと小さな星を放出する星ぶどうの房《ふさ》に目を奪われている。

そこを、片手で抱き上げた。

「レン～！　急に走っていったらだめじゃないかっ。こんなところで迷子になったら、なかなか見つけてあげられないんだぞ？」

一度地面に下ろした俺も悪かった。下ろす前に、走りだしてはいけないと、その理由も話をすれば良かった。

レンははっとした顔をしたあと、「ごめんなさい」と呟いた。環季も、「追いついて良かった」とほっとした顔をした。しかし次の瞬間には。

「ちち、あのぱちぱちしてるの、なに～？」

子供ならではの気持ちの切り替えの早さに、環季と目を合わせ、思わず笑ってしまった。

「あれは、流星群を栄養に育つ星ぶどうだ。口に入れると、ぶどうが軽く弾けてシュワシュワする」

「美味しそう……！」

「ちち、しゅわしゅわしたい」

環季とレンにそう言われたら、買わないわけにはいかない。むしろ買うしかない。

店主に二房包んでもらう。支払いをしようとして初めて、まだ環季と手を繋いでいることに気づいた。

「あっ、ごめんなさい」

環季が手を離そうとした瞬間、思わずぎゅっと力を入れてしまった。

しかし手を離さなければ、両手が塞がっていて支払いができない。

それに気づいて、環季は手を離そうとしたのに。俺は名残惜しくて、つい離すまいとしてしまった。

だめだ、気持ちを切り替えなければ。

「……すまない」

「い、いえ」

俺は、握った手をゆっくりと離す。そしてまだ繋いでいたい気持ちに蓋をして、前を向いた。

二人は市の雰囲気や商品に興味津々だ。目を輝かせて、あちこち見ては気になったものにじっと見入っている。

小鳥がさえずる声がなかからする、クルミほどの七色の木の実。

頭が二つある子亀釣り、山と積まれた甘い香りのする水蜜桃《すいみつとう》に、湯気をたてる肉や野菜を詰めて蒸した包子《ぱおず》屋。

美味そうなもの、珍しいもの、綺麗なもの、怪しいもの。

それらがごちゃごちゃになって賑わっているのが、〝市〟だ。

レンと約束した菓子も買う。

甘い揚げ菓子、あめ玉を選び、袋に詰めてもらって大喜びだ。

まだまだ市を見て回ろうと歩いていると、環季が「あっ」と声を上げた。

「わ、卵屋さん？がありますよ、どんな卵を売ってるのかな」

「珍しい、火を吹く山鳥の卵もあるようだ。見てみようか」

山鳥の卵は滋養強壮になるといわれる珍しいものだ。

なんせ火を吐くものだから飼育は難しく、山鳥自体も火山に生息している。

卵をとりにいくのは命がけ、山鳥に見つかれば火を吐かれ火傷《やけど》をしてしまう。

店先にはそんな珍しい卵が大事そうにひとつ飾られたほか、普通の鶏の卵も積まれて売っていた。

籠《かご》に十個ほどずつ盛られた卵は産みたてで、おすすめだという。

「私、ひと籠買います」

「卵を買うのか。屋敷にも買ったものがあると思うが」

「お礼に持っていきたいんです、薬師の店に」

目を丸くして驚く俺をよそに、環季は自分で金を払った。

聞けば、人の世から持参したものを売って、金に替えたものがまだ残っているのだという。

あの湯のみを買うために、自分で作ったという金だ。

環季からそう聞いてあらためて、環季の生活は屋敷のなかだけで完結しているわけではないのだと、痛いほど思い知った。

屋敷には行商がやってくるし、こうやって外に出れば金が必要だ。

失念していたことに落ち込む俺に、気にしなくていいと環季は言う。

「犬飼さまにお金までいただいてしまったら、申し訳なさすぎます。それに、自分のお金を使えるって楽しいから！」

「しかし、それもいつかはなくなってしまう。そうだ、ここにいる間、俺に人の世の言葉を教えてくれないか？　前に言っていた〝いけめん〟や〝はぁれむ〟とか……環季の言葉を聞いて、もっと知りたくなっていたんだ」

不思議な響きの、人の世の言葉を教えてほしい。給金を出すと提案すると、環季は「自分が役に立てるなら」と承諾してくれた。

薬師の店へ向かう、環季の足取りは思っていたより軽い。

不思議に思っているうちに、あの薄暗い小路にたどり着いた。

レンを肩から下ろし、胸にしっかりと抱く。

いつもよりずっと冷え込んだからか、影になっている小路はよりいっそう肌寒く感じた。

薬師の店が見えてきた。

「レンには刺激が強すぎるものが多くありますから、犬飼さまはレンをしっかり抱いてここで待っていてください」

たしかに、喉が裂かれた迦陵頻伽など見せたくない。

刺激的すぎる心の傷になって、連日夜泣き確定だ。

だけど環季をひとりで行かせるのも心配過ぎる。

「環季、危ないと思ったら、すぐに出てきてくれ」

「大丈夫です。お礼を渡すだけですから」

「なら、俺が行く」

そう申し出ても、環季はニコッと笑って歩いていく。

レンを抱いていては、追いかけられない。もどかしく見守るしかなくなってしまった。

環季は引き戸を開け、なかには入らずに声をかけているが……返事はないようだ。

「ちち、おかぁ、なにしてるの？」

「レンが熱をだした時に助言をくれた者に、お礼を伝えにきたんだ」

「ふうん」

レンは何かを感じているのか、じいっと店を凝視している。

「店主さん、お留守かもしれないので、なかに卵を置いてきますね」

そう言って、環季はひょいっと店へ入ってしまった。

「環季っ」

追いかけようとしたが、レンを抱えたままではと一瞬ためらった。

そのわずかな時間に、環季は店から出てきた。

「すぐそばにあったテーブルの上に置いてきました。蛇さんは卵を好んで食べると美狐さんから聞いたので、喜んでくれたらいいんですが」

「……きっと食べてくれるだろう。肝が冷えたよ……何か温かいものでも食べて帰ろう」

「やった、楽しみです！」

そうやって小路の向こう、日常へ帰っていくところに、真後ろから声をかけられた。

「たまご～、新鮮な卵～、ありがとうね～」

薬師の店の、店主の声だ。だが振り返っても誰もいない。

声だけが小路に響いている。

「急にさむくなって、動けなくなっちゃったのぉ。でも卵はわかる、匂いでわかる～。人間のお嬢さん、ありがとうねぇ」

「こちらこそ、店主さんのおかげで子供の熱が下がりました！　ありがとうございます！」

大きな声で、環季が声だけの店主に返事をした。

その時だ。レンが俺の腕から身を乗りだした。

「さむいの、だいじょうぶ？」

レンまで、声だけの店主に話しかけた。

「だめ、ダメ、ぼく、寒いのだめだから。動けなくなるぅ」

店主の声だけがする何もない虚空を、レンはじっと見る。

「じゃあ、ふぅーってあったかくしてあげるね」

小さな唇でふぅっとレンが息を吹く。可愛らしいその行動を見て、気づいた。

レンから、強い神気を感じたのだ。

「レン……お前……」

いや、〝似ている〟だけだと、かぶりを振る。

そのうち、再び店主の声がした。

「……あ、動けるようになるかもぉ、ありがとね～小さな神様ぁ！」

そばにいた環季が「店主さんて、付き合いがいいんですね」と、こっそりと言ってきた。

このやりとりを、子供の思いつきに店主が付き合った……と環季は思ったのだろう。

心臓が鷲《わし》掴みにされたように痛く、苦しい。

いや、そうと決まったわけじゃない……きっと、きっと違う。

俺の思いすごしだと、息を静かに吐く。

「そうだな。じゃあ、今度こそ行こうか」

しっかりとレンを抱いて、環季を連れて小路を戻った。


「あたし、これからはもう花嫁行列はしません」

今日は美狐が屋敷に遊びにきている。

花嫁行列を従えず、白無垢ではなく普段の服装で。そして土産を持って、普通に玄関から入ってきた。ただ、目元では相変わらずバサバサの長いまつ毛が自己主張をしている。

屋敷の皆はたいそう驚いたが、顔にはださず失礼のないようになかへ通した。

美狐を応接間に通したあと、環季は自分がお茶をいれると言って部屋を出ていった。

レンは美狐にすっかり懐いてしがみつき、俺は突然美狐からそう宣言をされた。

「そうか」

それ以外、うまい言葉が見つからない。

残念がるのも変だし、どうしてなんて聞いてもいいものか。

「はい。この間、うちに泊まりにきた環季とたくさん喋って……自分のこと、雷蔵さまを理由にしないでちゃんと考えてみようと思ったの」

そう言うと「いままでご迷惑をおかけしました」と頭を下げた。

「その話は環季からも、少しだけ聞いている」

「へへっ、環季にはなんでも話せちゃうの。で、話してるうちに、見たくなかった自分の内側と向き合えた。雷蔵さまのことも……好き、というより憧れだったんだと思う」

絶対に振り向かないから、安心していられたのだと思うと伝えられた。

それと！と、美狐は続ける。

「環季が、レンが病気になった時に薬師の店にひとりで行ったっていうから、びっくりしたよ。だから聞いてみたの。どうだった？　怖かった？　気持ち悪かった？って」

「どうしてそんなことを聞くんだか……」

「だって、白蛇も狐も神の眷属だもん。あたしらの一族の者だって、神の身代わりになって毒や呪いを喰った者がたくさんいる……あの白蛇だってそうだったでしょう？」

そうだ。眷属は従者と同じ。どんなことがあっても、主である神の命を最優先する。

白蛇と狐の一族も、眷属同士関わりが深い。

「で、環季は、なんて言ったんだ？」

美狐はふいにぽろりと流れた涙を手の甲で拭い、あははと笑う。

「……最初は怖かったけど、レンを助けてもらえてありがたかったって言ってた。しかもね、喰った呪いはどうにかならないのかって、白蛇のために何かできることはないかって聞くの……」

この間、急に薬師の店にお礼にいくと言いだした理由がこれでわかった。

「みこ、ないてるの？　かなしいの？」

レンが美狐の頬に伝う涙を、必死で拭う。

「違うよ、あたしは環季が大好きだって、そういう涙だよ」

レンは不思議そうな顔をしながら、また流れる美狐の涙を拭っていた。

環季はその日、美狐とおしゃべりを楽しんだ。よくもまあ、そんなに話すことがあるものだと思うのだが、仲良く話す二人の姿を見ていると、心が穏やかになる。

ただ、夕方になり美狐が帰ると、何やら環季の様子がおかしい。少し疲れたと言って夕飯をとらず、早々に自室へと戻って横になってしまった。レンが一緒では熟睡もできなかろうと、その晩は俺がレンと一緒に寝ることにした。

翌朝様子を見にいくと、環季は布団のなかで半身を起こしていた。

そうして、実はいつも見る夢に新たな場面が出てきたと話をしてくれた。

以前から、あの花畑に自分が立っている夢を見ると言っていた。

「あと……襖の前に、私は立っているんです。あれはキジかな……大きな番の鳥が描かれた綺麗な襖で……」

どきりとした。

その襖がある部屋は、屋敷の最奥に存在している。

「……それで、なかから掠《かす》れた声がして」

息を呑む。自然と、握った拳に力が入る。

「〝たまき〟って」

背中に汗が噴き出した。

喉からうまく声が出せなくて、心配した環季が俺の顔を覗き込んだ瞬間だった。

部屋の外から、狸が小さな声で俺を呼ぶ。

「すまない、ちょっと行ってくる」

環季にそう声をかけ、なにごとかと障子を開けて廊下に出ると、狸が高揚した顔でこう言った。

「大殿！　隼斗《はやと》様が、風神様がお目覚めになりました……っ！」

五章

頭がぐらぐらする。

水を八分目まで入れたボウルをゆするとなかの水が右へ左へと揺れるように、頭の中身がゆっくりと揺れる。

まるで船酔い。身を起こすと、軽く吐き気が込み上げる。

体感で熱はなさそうだけれど、明らかに具合が悪くなっている。

こういう時はだいたい寝れば治る。

体調が悪いなら今夜はレンを預かろうという犬飼さまの言葉に甘え、早めに布団に入った夜。

いつも見るあの花畑の夢で、『たまき』と知らない声で名前を呼ばれた。

朝になると、体調はいくらかはマシになっていた。

まだぐらぐらするが、朝の支度をはじめればいつの間にか動けるようになっていることが多い。

身を起こす途中で目眩《めまい》がして、ぐらりとするたび耐える。

それでもなんとか起き上がり、ひと息ついた。

「……夢、体調悪かったからかな……新しいシーンがあった」

物心ついた頃から同じ内容だった夢に、新規の場面が追加されるなんてちょっと驚いた。

印象に残る大きな鳥、おそらくあれはキジだろう。それが描かれた豪華な襖の前で、夢のなかの私はそこへ入るかどうかを、ためらっていたんだと思う。

襖に描かれたキジの顔の部分は赤く、首筋にかけて深みのある緑へとグラデーションがかかっている。背中の部分は薄い青で、白と茶色の斑《まだら》模様の羽が美しい。

羽ばたけば風圧が絵を通して伝わってきそうな、命が込められた描写。雄キジの猛々《たけだけ》しい表情さえも、はっきりと覚えている。

これまでの夢も色彩は鮮やかだった。けれど、自分の名前を呼ばれているのだとわかってはいるのに、その名前がどうしても聞きとれなかった。でも今回の夢は違う。

「名前を……呼ばれた」

掠れた声だったけれど、はっきり『たまき』と名前を呼ばれたのだ。

その瞬間、自分のなかから熱く湧き上がってきたあの感情。あれを言葉にして例えるのは難しい。

私のなかで、嬉しさや懐かしさが爆発していた。そうして心は歓喜に湧いているのに、体はなぜか襖に手をかけるのをためらっていた。

……だって、あれは〝私〟の知らない人だ。

まるで二人分の感情が胸のなかで混ざり合っているようで……。これがいつもどおりの夢なら、視点が変われば感情もはっきりと切り替わっていたのに。

具合の悪さ、いつもとは違う夢。はぁっと息を吐いていると、犬飼さまが部屋に様子を見にきてくれた。

なんでも相談するように言われていたから、ということもあったけれど、私は誰かに新たな夢の内容を話したかった。

少し、落ち着かない不安な気持ちがあったのかもしれない。喋ってしまえば、なんていうこともない夢だと笑われて、安心できると思ったのかもしれない。

けれどその夢の話をすると、犬飼さまは目を見開いて黙ってしまった。

「犬飼さま……？」

ためらいがちに声をかけると、はっとしたように私を見る。

そして、まさに神といった端整な顔を白くして、金色の瞳を揺らした。

「あの……」

そう声をかけた瞬間、部屋の外から「大殿」と、犬飼さまをそっと呼ぶ狸さんの声が聞こえた。

「すまない、ちょっと行ってくる」

気持ちを切り替えたように、犬飼さまがすっと立ち上がって部屋を出ていった。

部屋の外、障子を挟んだ廊下では、狸さんが何やら興奮気味に話をしている。

それからすぐ、二人はどこかへ行ってしまった。

今日はレンの面倒を見られるだろうか。

人の世のお母さんたちは、自分が具合の悪い時にはどうしているんだろう。

これから人の世に帰ったとしたら、私は誰かと結婚をするのだろうか……なんて考えたら、とても悲しくなってしまった。

本音を言えば、できれば少しでも長く犬飼さまの近くにいたい。

犬飼さまのそばで、レンを大きくなるまで育てたい。

どうせ人の世に帰る時にはすべてが夢のなかのことになってしまうのだから、ここにいる間だけでも密かに好意を寄せたって、罰は当たらないんじゃないかと思ってしまう。

神様に恋をしているかもしれない……なんて誰にも言えないけれど、ひっそりと想うことくらいは許されたい。

「それに、レンともずっと一緒にいたい……」

好きな人、大切な人と〝住む世界が違う〟なんて、小説や漫画ではよく見る話。けれどそれはあくまでも、家柄だとかそういった意味での話だ。リアルに〝住む世界が違う〟なんて。

まさか自分がそんな立場になるとは、想像もつかなかった。

……ここであったこと、本当に全部、夢だと思っちゃうのかな。

しっかり覚えておきたいってお願いしたら、困らせてしまうだろうか。

とはいえ万が一、はっきりと記憶が残ったとしたら。私はひとりきりで、死ぬまでに何千回も思い出しては、寂しくなってしまうんだろうな。

膝を抱えて顔を埋め、必ずしなくてはならない選択のことを考える。

ここで。狭間の世で、私も生きていきたい……。

みんなと一緒に、犬飼さまやレンのそばで生きていきたい。

けれど私はここではあまりにも非力で、なんにもできないただの人間で。

「……私にも、ここでずっと生きていける力があったら……」

〝龍の花嫁〟である私には、普通の人間にはない霊力があるという。

だから「レンがもう少し大きくなるまでは、一緒にいたい」と言った私を、こうしてここに置いてくれているのだけれど……いつかはきっと、帰らなければならないはずだ。人は人の世で生きるのが、道理というものだろう。

第一、いつまでも私がこの狭間にいては、ただのお荷物でしかない。

「ずっと、ここにいられたらなぁ……」

あらためてそう言葉にすると、鼻の奥がつんと痛くなった。

そこでふと、あることを思い出した。

そういえば犬飼さまは初めから、私のここでの滞在期間を延ばそうとしていた。仮の祝言の準備が整っていないと言っていたが……もしかすると別に、私には言えない事情があるのだろうか。

疑問に思い、それを尋ねようと思ったこともあったけれど、レンがこの屋敷に来てからというもの、そんなことはどうでも良くなってしまっていた。

そもそも必要があれば、犬飼さまはそれを私に話してくれるはずだ。何も言われないということは、私が知る必要のないことなのか、いまはまだそのタイミングではないということなのだろう。

それよりもいまは、自分がやれることをしよう。ここにいられる限り、レンの成長を手伝い、見守っていきたい。

レンが部屋にやってくるかもしれないと考えて、落ち込んだ顔を上げて深呼吸をしている時だった。

廊下の奥から大声と、ドタドタとした足音が迫ってくる。

そんなふうに足音を大きくたてる人はお屋敷にはいないから、私は驚いて身構えてしまう。

布団から這いでて、様子を窺う。

「な、何……、誰かお客さん？」

さらに耳を澄ますと、どこか聞き覚えのある声に全身の血が沸きたつように熱くなった。

懐かしい、そして微かに愛おしいという感情が湧き上がって、心臓が激しく脈打つ。

部屋を飛びだして声の主に会いたい気持ちと、このまま通り過ぎてほしいという気持ち。

二つの気持ちが混ざり合い、私は息を潜めて動けないでいた。

ドキッ、ドキッと心臓が跳ねる。

大きな足音は私の部屋の前で止まり、「おいっ」と止めるような犬飼さまの声が聞こえた。

その声に体が反応して、助けを求めようと立ち上がった時だった。

襖が勢いよく開く。

私の目の前に、夢のなかで見覚えのある銀髪の……青い瞳の大柄な男性が現れた。

男性は、私を凝視しながら近づいてくる。

犬飼さまとはまた違った端整な顔立ちで、ひと目でこの人も神様の類いだとわかる神々しさが滲み出ていた。

まるで時間が止まったようだ。

誰も言葉を発せないまま、男性の行動を見守っている。

すぐ目の前に迫った男性の凛々しい眉がへにょっと下がり、青い瞳が潤んで私に向かって細められる。

唇は小さく震えて、何か言おうとしていた。

私はそれを不思議ととても懐かしく思って、その男性が声を発するのを、目をそらさず待っていた。

犬飼さまに助けてほしかったのに、私はこの男性からの言葉を……聞きたがっている。

唇が、ついに言葉を発した。

「……たまき」

おんなじだ……と思った。二十数年、夢ではっきりとは聞きとれなかったものの、私に呼びかけていた声と同じだ。

私はどう男性を呼べば、どう答えたらいいのかわからなくて黙ってしまった。

すると男性が、少しだけ寂しげな表情を浮かべたあと。

すぐそばにまで来て、包み込むように私を抱き締めた。

夢のなか以外では初対面のはずなのに、私の体はまるで自分の意志とは関係のない他人のもののように、抱擁《ほうよう》を拒否できない。

頬に触れた男性の着物から、夢で嗅ぎ馴れたお香の匂いがして……ふいにぽろりと涙がこぼれた。

そのタイミングで、ふっと我にかえる。

「あ、あのっ、ごめんなさい」

弾けたように体を離すと、バランスを崩してよろめいてしまった。

それを男性は素早く支えてくれた。

「……ごめんなさい、ありがとうございます」

「姿は多少変わったけど……面影は残しているな」

その口調は軽やかだったものの、じっと見つめられて少し怖くなってしまった。

「もう大丈夫です、自分で立てます」

ありがとうございますと再度伝えて、私は男性から離れた。

ただ見守っていた犬飼さまの顔を見ると、私に向かって手を差しだそうとして、迷っているようだった。

それを見て、私は勝手に傷ついてしまう。

誰もが黙り、なんともいえない微妙な空気が漂うなか、部屋に飛び込んできたのはレンだった。

「おかぁ、だいじょうぶ？」

すごい勢いで走ってきて、そのまま私に飛びつく。

受け止めるのは大変だったけれど、いまの私にとってレンは救いの神以外の何者でもない。

そしてレンは男性から私をさらに離して間に立ち、守るような格好をして「だれ？」と聞いている。

レンに、大柄な男性を怖がっている様子はない。

ただ純粋に私を守ろうとしてくれているのが、伝わってくる。

本当は、私は犬飼さまにこうやってかばってほしかったのかもしれない。

自分がさっき傷ついた理由をいまのレンの行動で理解し、同時にレンの頼もしさを知った。

男性とレンは、じっと見合ったままだ。

そこで口を開いたのは、犬飼さまだった。

私たちを守るようにそばに来て、レンをなだめるために抱き上げた。

「環季、こいつは俺の育ての親で、兄貴みたいな存在の風の神……隼斗だ。わけあってずっと眠っていたんだが、さっき目覚めた」

犬飼さまがたまに話してくれていた、自分を育ててくれたという〝あいつ〟とはこの男性のことだったのだ。

「……隼斗さま?」

男性の名前を口にすると、懐かしい気持ちで胸がいっぱいになる。

夢でずっと見ていたからだろうか。こうして面と向かうのは初めてなのに、とても会いたかった人にようやく会えたような、懐かしさを感じてしまう。

「隼斗。こちらは環季、今回の花嫁殿だ」

「知っている、オレはずっと夢の淵《ふち》から呼びかけてたんだからな。ずっと……やっと会えた」

そう言って私に手を伸ばしてきた時。犬飼さまに抱き上げられていたレンが、隼斗さまに飛びついてそれを阻止した。

「ぼくは、レン！　おかぁがみつけてくれた！」

「レンっ！」

慌ててレンを抱き戻そうとすると、隼斗さまはレンを抱きしっかりと顔を見ている。

「お前はレンというのか。いい名だな、環季に見つけてもらったというのは？」

「ぼく、おかぁのことをみてたの。だいすきになって、そらから、おかぁのところにとんできた」

初耳だった。レンをぎゅうぎゅうに抱き締めてしまいたかったけれど、さすがに隼斗さまからレンを取り返すことはためらわれる。

「じゃあ、お前の名は環季がつけたんだな」

「そうだよ～。おはな、りっぱなはなの、なまえなんだって」

隼斗さまを警戒するような表情をしていたレンの顔が、得意げなものに変わる。

「そうか。レンはいい名を貰ったんだな」

わははと隼斗さまが豪快に笑うものだから、レンも真似をしてわははと笑う。

「じゃあ、レン！　レンは環季とずっと一緒にいたいだろう？」

「おかぁが、いなくなるわけないもん。ずっといっしょにいるよ」

いなくなるわけがない。レンがはっきりと口にした言葉に、胸がえぐられる。

レンはまだ知らないのだ。私がいつか、レンがある程度育ったら人の世に帰らなければいけないということを。

思わずうつむくと、犬飼さまがそっと私の背中に手を添えた。

その時ふっと、隼斗さまを取り巻く雰囲気が変わったように思えた。

ぞくりと鳥肌がたつような空気が、一瞬だけ漂う。

隼斗さまの顔を見ると、レンを抱いたまま私に満面の笑みを浮かべた。

「環季、だいぶ待たせてしまったな。さあ、俺の花嫁殿。祝言を挙げようじゃないか」

「……え、いえ、私は」

犬飼さまの花嫁役で……と犬飼さまを見上げると、見たこともない苦悶《くもん》の表情をして隼斗さまを見ていた。

「犬飼さま……？」

戸惑う私に隼斗さまが、しっかりと言い聞かせるような声色で告げる。

「環季、お前はオレと祝言を挙げるんだ。代々、花嫁殿と一夜の仮の祝言を挙げてきたのは風神であるオレなのだからな」

「……うそ」

「嘘などではない。オレはお前と再び出会い、また祝言を挙げて今度こそ……この狭間の世で、共に生きていきたいのだ」

真剣な隼斗さまの目は私を見ながら、まるで違う誰かの面影を探しているようだ。

そして私の一挙手一投足に、それを見逃すものかとばかりにじっと青い瞳を凝らしている。

「環季、お前はオレの花嫁だ。雷蔵の花嫁ではない」

握った石で、頭を後ろから思いきり殴られたみたいな衝撃に、言葉がでない。

「私は、犬飼さまの花嫁役ではない……？」

確かめたくて口にすると、犬飼さまが静かな声で「……環季は、隼斗の花嫁だ」と言った。

その日の夜は、屋根がいまにも突き破られてしまいそうな大雨が降った。

それを境に、私の体調は日に日に悪くなっていき、布団から出られない日も増えた。

息苦しさ、目眩、体のだるさ。たまに熱をだす夜もあった。

レンは、私のそばから絶対に離れようとしなかった。子供らしいわがままも言わず、そこらじゅうを飛び回らず、ただずっと静かに私のそばにいる。

布団のなかで一緒に過ごす時間が多くなり、私は人の世にあふれているお伽《とぎ》話を知っている限り話して聞かせた。

絵本もないので情景を説明するのには苦労したが、人の世をレンは不思議で面白いと言ってくれた。

私はそういう世界で生まれて育ったのだと話すと、今度一緒に行こうねと言われてしまった。

「レンが大きくなって、犬飼さまがいいよって許してくれたら行けるかも。でも飛んだりしたらだめよ、みんなが驚くから」

「じゃあ、あるく」

「そうだね、それがいい。いま体調が良かったら、一緒に散歩に行けるのにね」

ごめんね、と言うと、レンは首を横に振った。

いまの私には、日課だった散歩もままならない。

「こうやって寝てばかりいる私と一緒にいても、気が滅入るでしょう？　たまには散歩に出かけたらどうかな。私に遠慮しなくてもいいんだよ？」

私がそう声をかけても、レンは私と一緒でなければ行かないと言って、お屋敷にこもっている。

普段の嵐のようなレンの元気な様子を知っているみんなは、私の体調と同じくレンの心配もしてくれている。

「いいよ、おかぁとおさんぽいきたいもん」

「犬飼さまとは？　頼んであげようか？」

「いいよ、ちちは、ハヤトといつもいっしょだから」

ずっとこわいかおしてる、とレンは内緒話みたいにこっそりと囁いた。

あれから一度、きちんと説明をしたいと犬飼さまがやってきたことがあった。

〝はるおこし〟の神事では、ずっと隼斗さまが花嫁と仮の祝言を挙げていたのだそうだ。

けれど百年前の神事で出会った花嫁役の娘と愛し合い、人の世に帰さず本物の夫婦になったが……娘はもとからの病ですぐに死んでしまったのだという。

そして娘は死ぬ間際、再び隼斗さまの元に戻ってくると言い残した。

その娘の生まれ変わりが私……だというのだ。

私にすぐにそれを伝えなかったのは、娘が亡くなってから最奥の座敷で眠りについた隼斗さまが、目覚める確信がなかったからだと説明された。キジの襖絵のある最奥の座敷……あそこに行ってはいけないという約束は、こうした理由があったからなのだと合点がいった。

『百年前の記憶をすべて思い出した時。目覚めない隼斗の姿を見て、娘の生まれ変わりである環季が正気でいられるかどうか……それがとても心配だった』

そう語る犬飼さまからは、事情に板挟みにされて相当悩んでいた様子が窺えた。

隼斗さまがどうして眠っていたのかは教えてもらえなかったが、それにもきっと理由があるのだろう。

私は浮かれていた自分が、とても恥ずかしくなった。

そんな事情に気づきもせず、淡い恋に浮かれ、もっとここにいたいと願っていたのだ。

犬飼さまのそばにいたいと口に出さなくて、本当に良かった。

優しいあの方を、余計に困らせてしまうところだった。

話をしたあと、部屋を去る間際に犬飼さまは私に真剣に聞いてきた。

『隼斗のこと、本当に思い出せないか？』

責められているわけではないのに、私はそれを聞いて猛烈に泣きだしたくなってしまった。あふれでようとする感情を、必死に抑えつける。

金色の瞳は、可哀想になるくらいに切なく困って見えた。

そうだ……私が前世のことを思い出しさえすればいいんだ。そうすれば、きっと私はあっという間に隼斗さまを好きになって、犬飼さまの心配事はなくなるはず。

隼斗さまも喜ぶだろう。

私がすべてを思い出せば丸く収まるのに……わからない、夢で見たことしか知らない。

『……ごめんなさい、わかりません』

そう謝ると、犬飼さまは『無理をしなくても大丈夫だから』と言い残して部屋を出ていった。

レンが言う、二人が『ずっとこわいかおしてる』原因というのは、私にあるのかもしれない。

「ごめんね、早く元気になるからね」

「いいよぉ、おかぁとこうしてるのもすき。おかぁ、いなくならないで」

小さな体で抱きついてくるレン。可愛いレンに気を遣わせてしまい、涙がこぼれそうになるのを必死に我慢した。


それからも、私の体調は戻らないままだった。

そんな状態ではあるけれど、隼斗さまは私を見つけるとすぐに抱き締めようとしてきた。それを毎回、「環季は具合が悪いから」と言って、犬飼さまとレンが止めてくれる。

隼斗さまはそのたびにしょんぼりと謝り、紬さんたちを通してお花やお菓子を私にと、部屋に届けてくれた。このやりとりは正直、困惑するばかりだ。ただ、思いがあふれて仕方がないといった隼斗さまの様子は、どうしても憎めなかった。

けれど日が経つにつれて、隼斗さまは遠巻きに私を観察するようになった。はじめこそグイグイきていたものの、私が隼斗さまの花嫁だったことをまったく思い出せないでいるからだろう。

記憶が戻ったら、私は私でなくなるのだろうか？

レンが『いなくならないで』と言ってくれた私は、ちゃんと残るのかな。

隼斗さまのお嫁さんだった記憶を取り戻した私は、犬飼さまを密かに想っていたことを、すっかり忘れてしまうのかな。

……隼斗さまや犬飼さまが待ち望んでいる〝私〟になれないと、どうなるんだろう。

途端に、いまここにいる私はレン以外にはまったく必要のない存在なんだと考えてしまった。

いっそレンを連れて、人の世に逃げてしまおうか。

花畑にはしばらく行けていないが、もしかしたら青い花が咲いているかもしれない。

そこに行ったところで、どうやったら人の世に戻れるのかは、さっぱりわからないけれど。私は、ここから逃げだしてしまいたくなってしまった。

その夜は、やけに静かだった。

お風呂に入れてもらったレンが、麻さんに連れられて私の部屋へ戻ってきた。

今夜はゆず湯だったのだが、レンはふやけたゆずを面白がってひと口かじったのだということ。

焦りましたと笑う麻さんと一緒に、レンも笑っている。

「麻さん、いつもレンの面倒を見るのを手伝ってくれてありがとうございます」

「いいんですよ、レンさまはみんなに元気をくれます。お世話も楽しいです」

そうして、たまには姉妹の部屋にも泊まりにきてねとレンに言ってくれた。

レンと二人きりの部屋で、私はほのかにゆずの香りのする少し濡れた髪を、手ぬぐいで丁寧に拭きあげる。

ここのところ、犬飼さまが私の部屋を訪ねてくることはなくなった。

犬飼さまから止められているのか、隼斗さまの訪問もない。

この部屋には、私とレンしかいない。

弱気になっていた私はつい、ぽろりと言ってしまった。

「……ねぇ、レン。もし、私が一緒に人の世に行こうって言ったら、一緒に来てくれるかな」

小さな体で私の前にちょこんと正座し、髪を拭かれていたレンはぱあっと表情を明るくした。

「おかぁが、たくさんおはなし、してくれたところ!?」

そう元気に聞かれて、はっとした。

この前レンが熱をだした時は、鬼のお医者さまや白蛇の店主さん、そして犬飼さまやお屋敷のみなさんのおかげで乗り越えられた。

だけど、人の世に戻ったら？　レンが体調を崩しても、人の病院に連れていくわけにはいかないのではないか？

私は慌てて、目を輝かすレンにごめんと謝る。

「ごめん、さっきのは冗談なの。レンが可愛くてつい、一緒にいつか行けたらいいなって……ね」

レンは私の目をじっと見る。

「ぼく、おかぁといっしょにいく」

「……うん。私が元気になって、犬飼さまがいいよって言ってくれたら……」

「おかぁ、いまいきたいってかおしてる。えーんてなきそうなかおしてるよ？」

「えーん……かぁ」

「おかぁといく。おかぁといっしょがいい」

レンのその言葉に嬉しくなって笑ったら、涙がぽろぽろとこぼれた。

最近、すっかり涙脆《もろ》くなってしまった。

「……本当に、一緒に来てくれる？　人の世界では宙に飛んではいけないし、お熱をだしても今度はお医者さまも呼べないかもしれないよ？」

レンにとっては、人の世はひどく息苦しい世界だろう。

「ぼくは……おかぁがいるところが、いちばんすき」

小さな手が、私の手に重ねられた。

もう、私はレンを置いてはいけない。

私のそばが一番好きだと言ってくれるレンを、置いて帰ったら一生泣いて後悔するだろう。

心は決まった。帰る方法はわからず、無計画にもほどがあるけれど。

犬飼さまも、隼斗さまも、お屋敷のみんなも……きっと、とても困らせることになるだろう。レンを人の世に連れていくなんて多分、良くないことに違いない。だけどいまの私にはもう、レンと離れるという選択肢はなかった。

――多分このままじゃ、私のなかに眠る〝知らない私〟の存在が、私の心を壊してしまう。

本当は全財産の入ったキャリーケースをまるごと持っていきたかった。けれど、これを引いてレンを連れてでは、誰にも気づかれずに花畑に素早くたどりつくことはできないと判断した。

身分証と通帳にハンコ、電源が切られたままのスマホ。人の世はとりあえずこれさえあればなんとかなる。

それを小さな巾着に入れて、レンを寝巻きから普段着ている簡易な着物に着替えさせた。

「レン。お屋敷から出ていくのは、誰にも知られたらいけないの。だから、お口はむすんでいてね」

レンは黙って、んっとちっちゃな唇を引きむすんでみせた。

「おりこう、よくできました。私がいいって言うまで喋ってはだめだよ」

そう静かに言い聞かせると、レンは黙ってこくりと頷いた。

広いお屋敷ではあるが、この時間は明日の仕込みや準備などで使用人のみなさんは忙しくしている。

私たちの履物は玄関にあるから、どうしてもそこから出なければならない。

一度私だけが履物をとりにいき、庭から敷地の外に出ることも考えたけれど、この部屋から庭を通って逃げるにはリスクがあった。

庭には、雷獣たちが過ごしている小屋があるのだ。

中庭でじゃれつかれて吠えられでもしたら、すぐ見つかってしまう。

とはいえ、玄関から出ても耳がいい雷獣に見つかるリスクはあるが、玄関から門までは長い一本道。

玄関から出たのであれば、雷獣たちが吠えてじゃれてくる前に、一緒になって門の外まで走ってしまえばいい。

門の外にさえ出られれば、吠えられてもじゃれつかれても問題ない。

むしろ夜道の用心棒になる。

レンを抱き上げると、またずしりと重くなっていた。

ふらついたけれど、レンに悟られないように踏ん張る。

本当は別々に走ったほうが速いのだろう。けれど、私はレンをしっかりと胸に抱いていきたかった。

あとは、もう運にかけるしかない。

襖から顔だけを出して周囲を窺い、部屋をそっと抜けだす。そして私は運が強いと念じながら、玄関を目指す。

しかしまるで呪《まじな》いでもかかっているかのように廊下は長く、何度角を曲がっても玄関にたどりつかない。何かがおかしい。

頭は混乱するが、レンを心配させないようにと平静を装う。

「……もう少しで、玄関だからね」

でも、もう息が切れている。最近ずっと体調が悪くて寝てばかりいたせいか、呼吸をするのがとても苦しい。けれど、なぜか頭だけが妙に興奮していた。

静かに私に抱っこされているレンに小さく声をかけると、レンは廊下の白壁をじっと見つめた。

「……おかぁ、もうでられるよ」

「レン？」

もやっと一瞬視界が揺らめいたあと、さっきまで白壁だった目の前に突如、広い玄関が現れた。

「……すごい。これで外に出られるよ」

ありがとうと伝えると、ニコッと笑い返してくれた。

「ううん。みえるようにしただけ」

神様の子供かもしれないというレンには、不思議な力がある。

「レンがいなかったら、ずっとお屋敷のなかをぐるぐる回っていたかも」

やっぱり、簡単には外に出られないような仕掛けがあったようだった。

「ぐるぐる」

「鬼ごっこするには、いいかもね」

あらためてレンを抱えなおし、草履を見つけてそれを履く。

レンの小さな草履を持って、静かにしずかに引き戸を開けた。

顔を上げると広い夜の空に二つの月と、キラキラと数多の星が瞬いていた。

空の端からはしまで、それはもうぎっしりと詰まって光っている。

すでに体力は限界にきているけれど、開けた引き戸からするりと抜けだす。

大きく息を吸うと、夜の冷えた空気が肺をいっぱいに満たす。

まぶたの裏がチカチカして、久しぶりの外に体がびっくりしているのがわかる。

私とレンの密やかな息遣い。小走りに立派な門を目指すと、次第に足が軽くなっていくように感じた。

庭の小屋で眠っている雷獣たちが気づいて、こちらに走ってくる気配はない。

振り返らず、ひたすら走る。

門の木戸の大きな内鍵を外し、通れるだけの隙間を空けて急いで飛びでた。

砂利の道、土の道、ひたすら進む。

まるで自分が、夜の風になったようだった。

冷えた暗闇を切り裂いて進み、どこまでも走っていける気がした。

抱えたレンは、いまだに約束を守って口をつぐんでいる。

可愛い私の子は、私に強くしがみついている。

このまま一気に花畑まで走り抜けたかったのに、いきなり疲労が体にのしかかってきた。

一歩踏みだすたびに、体は鉛を背負ったようにずしりと重くなる。

とうとう足が進まなくなり、花畑に行く途中にある並木道のなかほどで、いったん足を止めた。

「レンっ、もう喋って大丈夫だよ。一度下りる？」

抱いたまま思いきり走ってきたのだ。体を揺らされて、気分でも悪くなっていないか心配になった。

「うん。じぶんではしれるよ」

しゃがんで、レンを地面に下ろす。

私はふぅっと息をついて、呼吸を整えた。

「絶対に、私から離れちゃだめだよ」

視線をまだ上げられないまま、そばに立つレンの手を握った。

「おかぁ、だいじょうぶ？」

「……っ、うん、あと少し休んだら行けるから。ごめんね、ちょっと待っててね」

はぁっと勢い良く真上を見ると、天を衝くほど高い並木の間からも星空が見えた。

「おかぁ。ぼくね、ここでおかぁをみつけたんだよ」

「見つけたって……ここで、私を見たの？　それは生まれる前ってこと？」

「うん。ぼく、かぜのあかちゃんだった。おかぁとちちをみつけて、ちちのあたまをぐちゃぐちゃ～ってしたの」

くすくすと笑いだすレンに、私はそういえば……と思い出した。

犬飼さまと毎日、散歩に出ていた時。花畑に青い花が咲いているかを見にいく日々のなかで、ここで悪戯な風に出会ったことがあった。

二度も髪をくしゃくしゃにされながらも、犬飼さまはその風を払ったり怒ったりはしなかった。

ただ自然に受け入れている姿に、優しい人なのだと……思い返せば、それから少しずつ私は犬飼さまに惹かれはじめたのだ。

「思い出したよ。あれはレンだったんだね」

「そう、ぼくだよ。おかぁをみて、ぎゅうってしてもらいたいなっておもったの」

「どうして？」

「おかぁ、たのしそうにわらってたから」

そうか。あの時は楽しくて、なんにも気にしないで笑えていたんだ。

私たちはそれから、黙ってただ歩いた。

重くなる足取りに、レンは走りだしもせず合わせてくれる。

そのうち並木の先に、開けた場所が見えはじめた。

夜になっても花弁を閉じないで、花たちは光の粒を飛ばしながら揺れている。

ふわっと辺り一面が淡く光っていて、私は目的も忘れて見入ってしまった。

「花が光ってる……綺麗だね」

「ぼく、はじめてみた」

「私もだよ。レンと一緒に〝初めて〟を見られて嬉しい」

手を繋いで花畑へ踏みだすと、その足元からふわりと一斉に光が舞い上がる。

「むやみに花を踏まないよう、ゆっくり探そう……青い花なの。その青い花が咲くと、人の世に戻れるんだって」

レンは立ち止まって、辺りを見回す。

「その、あおいのをたべるの？」

「どうなんだろう。どうしたらいいのか、私も知らないんだ」

「ちちにきいてくれればよかったねぇ」

そのとおりだ。いままで何度だって聞く機会はあったのに、青い花が咲いたらどうするのかを聞いてこなかった。

私が狭間に来た時には、青い花はすべて枯れていた。思い出してみても、どうしたらいいのかはピンとこない。

私たちはそれから手を繋いで、青い花を探すために花畑をさ迷った。

そのうちまた息が詰まる感じがして、頭がぐらぐらとしはじめる。

「……少し、休憩しようか。レン、眠くない？」

目元をとろんとさせて、「ねむくない」とレンが呟く。

いつもなら、もうとっくに眠っている頃だ。

「こっちにおいで」

しゃがむと、レンはなだれ込むように抱きついてきた。

受け止める力が残っていなくて、そのままレンを抱えて花畑に倒れ込む。

少しして、レンからは寝息が聞こえてきた。

私にしがみついて、胸の上で寝てしまったのだ。

「……赤ちゃんの時、ほんの数日だったけど……こうやって胸にのせて眠ったこともあったね」

すっかり寝入ってしまったレンからは、返事がない。そして私の体からは、徐々に力が抜けはじめていた。

限界、なんて言葉が頭に浮かぶ。

休んで、体力を回復させて……そうしたら眠ったレンをおんぶして……。

「これから……青い花が咲くのかも……。きっと見つかる、大丈夫……大丈夫」

自分を鼓舞しながらも、いまさらながら「見つからなかったらどうしよう」なんて考えていた。

ふっと、あの死者の世に繋がる大きな橋を思い浮かべては、かき消す。

どんなに困っていても、あの先へ逃げ込んでは、絶対にだめだ。

だけど……人の世に帰れなかったら……？

私はいったい、どうすればいいの？

視界がぼやけて、星空が滲んで見える。

だんだん力が抜けていき、まぶたを閉じると、真っ暗な世界に意識がすとんと落ちてしまった。

頬に、いつかの懐かしい感触がする。

ぺろぺろと舐められて、沈みきっていた意識が泥のなかから浮き上がる。

これは、雷獣の舌だ。キャンキャンッと、小さく心配そうな声を上げてくれている。

私は薄くまぶたを開けるのが精いっぱいで、思考はぼんやりとしたままだ。

「環季っ！」

身を抱き起こされても、まだ頭が働かない。

だけど、その声や大きな手、ぬくもりで誰かはすぐにわかる。

そう。その手やぬくもりの主が誰であるのかが簡単にわかってしまうくらい、この人は私がすぐそばにいることを許してくれていたんだ。

「……犬飼さま……」

「環季、大丈夫か……！」

抱かれた肩に力が込められる。

いまの私は指一本を動かすこともできないというのに、その腕のなかから逃げだそうとした。

「……っ、いや、私は、なんなんですか……っ」

私がそう言うと、犬飼さまは口をつぐんだ。それが悲しくて、私は胸のうちに抱えていた言葉を吐きだそうとわめいてしまう。

「生まれ変わりだなんて……言われても、なんにも覚えてません……！」

「……うん」

「みんな、誰を待ってるんですか……、私は……私はどうなっちゃうんですか」

やっと動いた手が、いまだに私の胸の上にいたレンの背中にさわる。

レンだけは絶対に離したくなくて、力を振り絞って抱き締める。

「……いや、いやぁ……っ」

激流のような感情が心のなかで暴れて、さらに自らの心をずたずたに傷つけ、荒らしていく。

ぼんやりとした視界は、もう花が放つ光くらいしかとらえていない。

声もあまり出せなくなって、やっと開けているまぶたも勝手に閉じていく。

真っ暗ななかに、再び引きずり込まれる。

「……怖い、……こわい、助けて……」

犬飼さま、と名前を呼んだ瞬間に。

強い力で、胸に抱えたレンごと抱き締められた。

声は聞こえてはこなかったけれど、絶対に離さないとばかりの、骨も軋《きし》むほどの強い力だった。

苦しいけれど、ふっと、安心に似た気持ちに満たされはじめる。

けれど、この満たされた気持ちはほんの一瞬のこと。だって、状況は何も変わってはいないのだから。またすぐに、私は不安に取り込まれる。でも、一瞬だけ。その一瞬だけは救われた気持ちになれた。

「……わたし……犬飼さまの……花嫁だったら良かったのに……」

自然にあふれた涙が、つうっと頬を伝う。

私はそのまま意識を手放してしまった。

突発的に企《くわだ》てたこの家出を、とがめる者は誰もいなかった。

多分、何も言えないのだと思う。

私が目を覚ましたのは丸一日経ったあとで、もう布団から身を起こす力もなかった。

犬飼さまへの想いと、隼斗さまからの想い。いまここにいる私と、夢のなかの〝私〟。

そういったものから逃げだしたくて、自分の心が壊れてしまいそうで、私はこのお屋敷を飛びだした。けれど正直なところ、いまの私には自分から行動を起こそうという気は、すっかりなくなってしまっていた。

この体にはもう、体力も気力も、わずかばかりしか残っていない。

私がそんな状態だから、私たちを連れ帰ってきたであろう犬飼さまも、家出を知っている隼斗さまも、何も責めることなく、ただ私のことを心配してくれるばかりだ。

そしてレンはというと、ますますべったりとして私から離れようとしなくなった。

レンは、あの家出の時の話を口にすることはなかった。ただ私のそばに来て「おかぁ、だいすき」と伝えてくれている。

家出から戻って、三日目の午後だった。

珍しく、レンが癇癪《かんしゃく》を起こして泣いてしまった。最初は眠くて、ぐずぐずしていただけだったのだけれど……。いつもなら私の寝ている布団に入れて、お話でもしてあげれば電池が切れたようにことりと寝入る。

それが、最近はずっと私のそばにいるからか体力が有り余り、なかなかうまく昼寝ができないでいた。

私はまだ布団から出られず、無理をすると途端に目の前が真っ暗になってしゃがみ込んでしまう状態だ。

庭にレンを出して遊ばせて、それを見守るということさえままならない。

ボロボロと涙を流し大号泣するレンと、途方に暮れる私。

誰か助けを呼ぼうと布団から這いでたところで、大きな足音の主が部屋の前までやってきた。

「……レンの泣き声がしているが、何か手伝えることはあるか？」

「あ、隼斗さま」

いまだ何も思い出せないという引け目はあるものの、いまはレンをどうにかしてあげたいという気持ちがうわまわった。隼斗さまの申し出に、私は藁《わら》にもすがる思いでレンが置かれている状況を伝え、一緒にあやしてほしいと頼む。

部屋へ入ってもらうと、私はすぐに布団に戻された。

レンは突然現れた隼斗さまを見上げ、さらに大きな声を出して泣いている。

もういまの状態では、自分で気持ちのスイッチを切り替えるのは難しいようだ。

何を言っても何を見ても、心をざわざわさせる材料にしかならない。

この状態はいつか、テレビで解説されているのをたまたま見たことがある。赤ちゃんや幼児にだけ許される、〝人に機嫌をとってもらわなければ、簡単には泣きやめないモード〟に突入したというやつだ。

「つまり、レンはうまく昼寝ができなくて泣いてるのか？」

隼斗さまが、少し驚いたように聞いてくる。

「はい。最近体を動かす遊びをさせてあげられないので、体力が有り余ってるんだと思います」

「外に連れだして……歩いたり走ったりすればいいと？」

「それができればありがたいです。ただレンは飛べるので、見失わないようにするのがちょっと大変ですが」

目を離すと幼児は数秒でいなくなると聞いたことがあったが、レンは本当に煙のように消えてしまう。市ではあっという間に駆けだして、本当に焦った。

「あはは、雷蔵がチビの頃は飛んでどこかに行ってしまうなんて、心配はなかったから新鮮だ」

あっ、と思い出す。隼斗さまは、犬飼さまの育ての親だった。

お二人は同じような年齢に見えるので、それをすっかり忘れていた。

隼斗さまは布団に突っ伏してさめざめと泣くレンを、ひょいっと軽々持ち上げる。

びっくりしたレンはとりあえず不機嫌そうに泣く音量を上げるが、隼斗さまはお構いなしだ。

「環季は、いまのうちに体を休めておくように、な」

「あっ……わかりました。ありがとうございます」

私がお礼の言葉を口にすると、隼斗さまは嬉しそうな顔をして部屋を出ていった。

大きな足音と、大きな泣き声が次第に遠ざかっていく。

「いまさらだけど……大丈夫かな」

いつもなら隼斗さまが部屋へ立ち入ると飛んでくる犬飼さまが、今日は来なかった。もしかしたら、お屋敷を留守にしているのかもしれない。

レンがそばにいないという落ち着かない気持ちはあったが、無理をしていた体は眠気に抗《あらが》えなかった。


どのくらい経ったのだろうか。襖の向こうから遠慮がちに私の名前を呼ぶ声がして目を覚ました。

「……環季、寝てしまったか？」

「ごめんなさい、いま起きました」

眠れたおかげか、体は少し軽くなっていた。

布団から出て着衣を素早く直して襖を開けると、すっかり眠ったレンを抱いた隼斗さまが立っていた。

「……眠ってる。さすが子育て経験者ですね」

「レンは雷蔵のように、オレに雷を落としてこないだけ百倍マシだったぞ」

楽しそうに笑顔を見せる隼斗さまは、そのまま部屋に入り子供用の布団にレンを下ろした。

「一応、外から屋敷に上がる時に、眠ったレンの手足は使用人に拭いてもらったんだが」

「助かります。ありがとうございます」

すっかり寝入ったレンの柔らかな頬を、隼斗さまは懐かしいものにでもさわるように撫でた。

立ち上がりそうな隼斗さまを、引き留めたのは私だ。

知らない〝私〟のことを、知りたいと思ったからだ。

知ったらさらにつらくなりそうな予感はしたけれど、知らないのは不安のもとにしかならないと考えた。

直接この話を聞くなら、隼斗さまがいい。

ひたすら〝私〟を待つ隼斗さまと、思い出せない私なら痛み分けだ。

「隼斗さま。私は正直、昔の〝私〟の記憶を思い出せません。〝私〟は、どんな人だったんですか？」

隼斗さまはその言葉で、私がまったく記憶を取り戻せていないことを再認識したのだろう。少しだけ困った顔を見せたので、私は言葉を続けた。

「……私も不安なんです。正直に言うと、昔の……隼斗さまの待つ〝私〟の記憶が戻ったら、いまの私はどうなってしまうんでしょうか」

そして「いまと同じくらい、レンを愛して大切にしてあげられるのでしょうか」という想いも、続けて伝えた。

犬飼さまへの気持ちは、秘密だ。

「そうか……そうだな。お前の知りたいことは全部、話をする。その代わり、何か思い出したら小さなことでもオレに教えてほしい」

隼斗さまの青い瞳はまた、私を通して誰かを探すように見ている。

「わかりました。必ずお伝えします」

私たちはレンが眠る布団からそうっと離れた。

かといって眠っているレンをひとり置いて別室へ行くわけにはいかないので、すっかり生活感のあふれた同じ部屋の隅で、話をすることになった。

向かい合って、私はなんとなく正座をする。

逞しい絶世の美青年を体現したような隼斗さまの前だというのに、私は寝巻き姿のままだ。けれど、それを構っていられる体力や気力の余裕がない。

「いまさらですが、寝巻きのままでごめんなさい」

隼斗さまは、「構わない」と微笑む。

「たまき……オレの嫁も、環季と同じ名前なんだ。たまきも寝巻き姿が多かったから、気にしないよ」

——夢で聞いた名前。あのキジの番が描かれた襖の向こうで、隼斗さまが呼んでいたのは正確には私……ではなかったんだ。

同じ名前をもつ、もうひとりの〝私〟。その事実がさらに私の心を重くした。

「……あの、たまきさんはどんな方だったんですか？」

前世の私だといわれる人物は、どんな人だったのか。

「初対面で肩に触れたら、調子にのるなと、思いっきり頬をひっぱたかれた」

「ええっ」

いきなり女性の体に触れるとは。そんな不信感たっぷりの視線に気づいたのか、隼斗さまは慌てて喋りはじめる。

「違う！　普段のオレなら、女性の体にいきなり触れようだなんてこと、絶対にしない！」

「でも私に初めて会った時、いきなり抱き締めてきましたよね……？」

「それは……本当に面目ない」

しゅんと、隼斗さまが肩を落とす。しおしおの様子に、本当に悪いと思ってくれているのだと感じる。

「それで、どうなったんですか？　ひっぱたかれて、隼斗さまは怒ったりしなかったんですか？」

「怒るものか。全面的にオレが悪かったのだからな。たまきは病気のせいで痩せていたんだ……まあ、それはあとから知ったのだが。あまりに痩せていて心配だったから、大丈夫か？　美味いものをたくさん食べていくといい、そう思って、つい肩に触れたら……」

見事にな、と笑う。

それから隼斗さまは、レンを起こさないように小さな声で、たまきさんの話をたくさんしてくれた。

ひと晩もてなして帰すはずが、隼斗さまはもっと、たまきさんと話をしてみたいと思ったという。

瞳に不思議な赤色を宿すたまきさんに、隼斗さまは強く心を惹かれた。

頼み込んで土下座までして、たまきさんにもう少し狭間に滞在して、自分と話をしてくれと頼み込んだらしい。

たまきさんも、最初はかなり警戒したようだったけれど、神様の泣き落としについに降参したという。

「あれはあとから思えば、たまきは自分が病のせいで長くないとわかっていたのだな。だから、オレのわがままに頷いてくれた」

最初は三日。そこから延ばして一週間。人の世に戻るための青い花は枯れ、次に咲くまでと……二人は交流を深めていった。

「たまきは、最初にオレをひっぱたいたことをずっと謝っていたなぁ。ごめんなさい、男の人に触れられたのが初めてで、びっくりしたんだって……白い顔を赤く染めて謝るのだから。その時、完全に心臓を射貫かれて愛しいと思ったのだ」

「ふふっ、大好きになっちゃったんですね」

「ああ。それで毎日、愛しいと伝えた。神という存在は、基本的には博愛主義なんだ。誰にでも平等に接するために……だが一度だけ、運命の番に出会えた時だけは違う。身を焦がすような独占欲にかられるし、四六時中ずっとそばにいたくなる。食べてしまいたいくらい、好きになるのだ」

じっと見つめられてしまい、私は慌てて目をそらした。

「……運命の番は、その印をもっている」

「しるし……？」

隼斗さまは、私の足を指さした。

「環季にも、竜胆の印があるだろう？　ほら、オレにも」

ぐいっと自分で隼斗さまが引き上げた、着物の右袖の下。

そこには、風神の証だというびっしりと入った梵字《ぼんじ》の刺青《いれずみ》のような模様に馴染むように、竜胆の痣が浮いていた。

私の足首の痣と、まったく同じものだ。

そういえば犬飼さまの右腕にも、勾玉《まがたま》を三つ組み合わせた丸い痣がある。

巴紋、綺麗な模様だと思っていた。

あれも、その番の……印なんだろうか。

「私は……〝はるおこし〟の龍の花嫁ではなかったんですか？　百年に一度の儀式をする、ただの人間では……」

頭が混乱する。

私はずっと、自分はただの龍の花嫁なのだと思っていたのに。

犬飼さまは初めから、私が特別な存在である運命の番だということを、知っていたのだ。

でも、黙っていた。隼斗さまはいつ目覚めるかわからないし、私が混乱すると思ったのかもしれない。

まったく同じ、竜胆の痣……私はまたひとつ、自分がたまきさんである証拠を突きつけられて、密かに血の気が引いていくのを感じた。

「……たまきは、必ずオレのもとに戻ってくると約束をした。禁忌を犯したオレでも、ずっと愛してると言ってくれた。だからオレはたまきが戻ってくるのを待っている。たまきは必ず戻ってくる……きっと、もうすぐだ」

禁忌、なんて初めて聞いた。

隼斗さまは、たまきさんのために何か禁忌を犯したの……？

犬飼さまは、隼斗さまが〝目覚めなかった〟場合の話を私にしてくれた。

〝目覚めない〟可能性もあった、ということだ。いったい何をしたら、そんなことになるんだろう。

ごくり、と唾を飲み込んだ喉が鳴る。

「あの……。隼斗さまは……たまきさんのために、何をしたんですか？」

隼斗さまは、いかにも人好きのしそうな明るい笑みを浮かべた。

けれど私にはその笑顔が……背中に汗がびっしょり噴き出るほど、恐ろしく感じた。

「……たまきは、病のせいでもう先がなかった。狭間に来た時点で、いつ命を落としてもおかしくなかったのだ……オレは神だが、人の寿命は延ばせない。延ばせないなら、あげるしかないだろう？」

「あげる？」

「そう。オレという存在に、寿命という概念はない。それはつまり、命は無限だということになる。本来なら、運命の番は同等に永遠の時間を一緒に生きていけるはずなのだが……たまきは病のせいで、それが叶わなかった……だから、オレの力をたまきに分けたのだ」

それでも、この狭間で一緒にいられたのは一年ほど。

たまきさんは亡くなり、隼斗さまは神力を人間に分けるという禁忌を犯したせいで力が激減した。だから、たまきさんが輪廻転生してまた狭間にやってくるであろう百年の時を、眠って待たざるを得なかったのだという。

再び目覚める、保証もないまま。

だけど隼斗さまは夢という形を通して私に呼びかけ続け、ついに自力で目を覚ましたのだ。

また、たまきさんに会いたいという、ただその一心で。

私は隼斗さまがたまきさんに向ける愛情の深さに、同情と申し訳ない気持ちでいっぱいになり、うまく息ができなくなっていた。

なぜ私は、たまきさんだった自分を思い出せないのか。

禁忌を犯してまで一緒にいてくれようとした隼斗さまを、どうして思い出せないのか。

「たまきは、最期に愛してると言ってくれた。照れ屋で、そんなことなどなかなか言ってはくれなかったのに……最期に、なんてずるいと思わないか？　言い逃げされてからというもの、ずっと頭のなかでたまきの言葉を、息をするように何度も繰り返しているんだ」

愛してる、あいしてる、アイシテル。

隼斗さまは、繰り返しその言葉を口にする。

その瞳は小刻みに震え、まるで狂気を孕《はら》んでいるように見えた。

「隼斗……さま？」

「……悪い、怖がらせたな。……だめなのだ、たまきのことになると、たまきを愛しく思う、ただの男になってしまって」

はっとした表情をしてまた、私をまっすぐに見据えてニコッと笑った。

びくりと、体が反応してしまう。

「……愛しているぞ、たまき」

隼斗さまはいつものように、私ではない〝たまきさん〟に向かって青い瞳を震わせて「愛している」と繰り返し、繰り返し囁いた。

最初、俺はかつて愛し合い、死に別れることになってしまった二人の再会を温かく静かに見守ろうとしていた。

だから仮の祝言の準備がどうのこうの言って龍の花嫁としてやってきた環季を、隼斗が目覚めるまでどうにかこの狭間に留まらせようとしたのだ。

だけど……いまは、環季が苦しまないように守りたいという気持ちがどんどん強くなってきている。


風神である隼斗は、俺を見つけて育ててくれた親であり、兄貴であり、大切な相棒だ。

〝はるおこし〟ではいつも「お前にはまだ早い」なんて軽く言って俺を子供扱いし、面倒な花婿役を進んで務めてくれていた。

前回の〝はるおこし〟で狭間に現れたたまきは、隼斗のたったひとりの運命の番だった。

痩せた体は隅々まで病に蝕《むしば》まれていたが、豪快で調子のいい隼斗を黙らせるほど、威勢のいい娘だった。

祝言では、青白い美しい瓶子《へいし》に湧いたお神酒《みき》を盃《さかずき》につぎ、二人で分け合い飲み干すのを見た。

隼斗とたまき。二人が心から惹かれ合うのを、一番近くで見ていたのは俺だ。

本来であれば、運命の番であるたまきは隼斗と同等に、この狭間の世で永い時間を生きられるはずだった。

なのに、たまきの器であるあの痩せた体には、その資質が失われていたのだ。

運命の番なのは間違いないのにと、隼斗が俺の前でだけは涙を流した。

いまならわかる。

好きな娘がいまにも死んでしまいそうなら、自分の力を分けようと行動を起こした隼斗の気持ちを。

ついにこと切れた遺体を抱き、力を分け与え、息を吹き返したたまきを再び抱き締める隼斗に、俺は何も言ってやれなかった。

その後、神の力を死んだ人間に分ける禁忌を犯した隼斗は、自らの存在を維持する力を失いはじめた。その結果、たまきは二度目の死を一年足らずで迎えることになる。

生まれ変わり、百年後にまた再会しようと約束をして。そうして、たまきに再会するまではと、隼斗は残り少ない神気の消費を最小限にするために、深い眠りにつくことにした。

その二人が、再び出会えたのだ。

それなのに、何か様子がおかしい。

環季には前世の記憶がなく、思い出せないまま苦しんでいる。

環季が〝たまき〟ならば、彼女は紛れもない運命の番だ。普通の龍の花嫁とは違う。死者の世に近いこの狭間でも、俺たちと同じように生きていく耐性があるはずなのに……。環季はいま、体調を崩したまま回復できないでいる。

そうなるとやはり、隼斗が神の力を失いつつあるのだと、思わざるをえない。隼斗の力が弱まれば当然、その番である〝たまき〟……環季にも影響がでてくる。狭間の世では、生きていけなくなってきているのかもしれない。

そして隼斗の神力が弱まっているということは、新しい風の神が現れるということを意味している。

風を操る仕草を見せはじめたレンの存在が、それを裏づける。

にわかには信じ難いが、もし俺の仮説が正しいのなら、次の風神になるのはレンだ。

そうなるともう、隼斗と環季が永く一緒にいることは難しいだろう。

先に風神の役割を終えた隼斗が消えるか、このまま体力が回復せず弱り続けて環季が死ぬか。

……俺はどうしたらいいのか、ずっと考え続けている。

隼斗がいつにも増して上機嫌で『今日は、環季といろいろと話ができた』と話してくれた翌日。

環季が前世の自分を……たまきを思い出さなくてもいい、祝言をすぐに挙げようと言いだした。

俺は慌てて、話をしたいと隼斗を引き留めた。

「待ってくれ、環季はまだ思い出してはいないのだろう？」

「大丈夫だ。祝言を挙げれば思い出す……早く、たまきを抱き締めてやりたいんだ」

隼斗の頭には、環季ではなく、たまきしかいない。

お調子者だが強くて頼りがいがあり、ぶっきらぼうだった俺に優しさを教えてくれた隼斗が、目覚めてから変わりつつあった。

きっと、隼斗は自分が力を失い続けていることに気づいている。

だから焦っているのが、手にとるように伝わってくるのだ。

「雷蔵だってわかってるだろう？　あの印、竜胆はオレの運命の番の証だ。たまきは約束を守って、ちゃんとオレのところに帰ってきてくれた」

「けれど、何かが違う……！　隼斗も違和感に気づいているんだろう？」

隼斗の瞳は一瞬揺れたが、すぐに暗く淀《よど》んだ。何を言うのだと、俺に迫る。

「違ったりはしない。あの娘は、たまきだ。オレが夢でずっと呼び続けていた……今度こそオレは、たまきとずっと一緒にいる」

もはや執念だ。けれど、どうしようもなく環季を求める気持ちは……俺の胸のなかにも激しく渦巻いている。

「とにかく、祝言はすぐ挙げる。あの娘の体調も、またオレが力を分けてやれば済む話だ」

「そんなことをしたら、今度こそ……っ」

すぐに形を保てなくなり、隼斗は消えてしまう。そう言いかけたが、言葉にしたら本当にそうなってしまいそうで言い淀んでしまった。

環季は隼斗を目の前にすると一瞬、少し怯えた表情を浮かべるようになった。

誰も気づかないかもしれないほどの、ほんのわずかな変化だが俺にはすぐにわかった。

目覚めた頃とは日々変化し、たまきに対して執着を隠さなくなった隼斗に、環季も気づいている。

隼斗の姿を見るとびくりとし、近づくと体を硬くする。

なるべく間に入り環季をかばうが、隼斗は環季に向かって、たまきに話をするようになっていった。

泣きだしそうな環季を見るたび、隼斗を連れだし環季のいないところで注意をする。

しかし隼斗には、俺の声はもはや届いていないようだ。

祝言に関しては、何度もまだ様子を見ようと言ったが聞き入れてはもらえない。

また環季に逃げられては困ると言って、隼斗は泣き笑う。

再び、屋敷には隼斗によって結界が張られ、俺の心は重くなる。

屋敷のなかの雰囲気も日に日に暗くなっていく。

美狐は環季のもとへ訪ねてくるたびに、あれこれ滋養があるものを持ってきてくれるようになった。

隼斗に会うと月森家の次期当主らしくかしこまって挨拶をするが、にこやかな表情の裏では怒りで毛を逆立てているのがよくわかる。

俺は陰で肘でどつかれ、環季を守れないなら月森家にレンと一緒に連れていくと宣言されてしまった。

狐の一族が本気を出したら、環季とレンはどこに隠されるかわからない。

祖先に天狐、九尾などをルーツにもつ彼女らなら、幻惑の力を駆使して俺や隼斗から環季やレンを永遠に隠すのは可能だ。

もういっそ、そのほうが環季やレンのためだと思うようになっていたのも事実だ。しがらみに雁字搦《がんじがら》めになって、ひとり動けないままでいる自分が情けなく悔しかった。


隼斗のひと声で、祝言のための準備がはじめられた。

屋敷のいまの主は俺だが、以前の主は隼斗で風の神だ。神と名がつく以上、使用人たちは決して逆らうことができない。

豪華絢爛《けんらん》な大広間に広げられる、前回の〝はるおこし〟ぶりの祝言の支度だ。

道具などは丁寧に扱われ、仮の祝言のたびに箱から出したりしまわれたりしている。しまわれていたすべてを蔵から運び出し、ひとつひとつ慎重に、きたるべき祝言の日のために使用人たちが磨き上げていく。

白無垢は新たに準備するようで、それには少し時間がかかるらしい。

俺は密かに、まだこの祝言を止められる何かがあるんじゃないかと必死にその理由を探していた。

このままでは、祝言を決行しても誰も幸せにはなれない。

環季が幸せになれない祝言など、必要ないと俺は強く思いはじめていた。

使用人が全員出払った大広間で考え込んでいると、「ちち～」とレンがひとりでやってきた。

俺の足元にしがみつき、えへへと笑う。

「レン！　環季はどうしている？」

「おかぁは、おはなしをしてくれたあと、ねてるよ」

「そうか」

レンは、並べられた祝言の道具を興味深く見はじめた。

並べられた道具を指さし、あれは？　これは？と聞いてくる。説明してやるが、多分半分もわからないだろう。

だけど、子供だからという理由で、知りたいという意欲を無下《むげ》にしてはいけないと環季から言われている。

「きれいだね～、これは、ちちの？」

「いや。これは全部、隼斗のものだよ」

祝言の道具は、風神と雷神でそれぞれ所持している。

俺の道具はいままで一度も使われたことがないので、蔵でホコリでもかぶっているだろう。

「ちち、あれは？」

棚に出された、青白く美しい佇まいの瓶子をレンが指さした。

「瓶子といって、酒を注いで使うものだ。これは特別で、祝言が決まると毎日少しずつお神酒がなかに湧いてくるんだ」

普通なら酒を注いで使う瓶子だが、俺たちの道具は違う。

お神酒が祝福するように自然に湧いて出るのを、仮の祝言で花嫁役の娘と分け合っていた。

隼斗が俺に『お前にはまだ早い』と言っていたのも、いつも酒が湧くのは隼斗の瓶子で、皆もそういうものだと思っていたからだ。

だから、この瓶子だけは一番に箱から出しておき、湧いた酒がこぼれないように棚に上げている。

「あれ、もっとちかくでみてもい～い？」

あっと思った時には、レンは浮いて瓶子を掴んでいた。

環季がいつも『レンから目を離したらだめです』と言っていたが、本当に一瞬の隙で何をするかわからない。

市に行った時、走り出したレンには肝を冷やした。

あの全身に冷や汗をかく感覚を、再びいま体験している。

「じゃーっ」

レンが掴んだ瓶子を『じゃーっ』なんて効果音をつけて、くるりと逆さまにするのを、動けず頭が真っ白なまま見つめてしまった。

「……あっ！　あれっ」

「ちち、からっぽだよ」

小さな手に握られぶんぶん振られる瓶子を、今度こそ瞬速で慎重にそっと取り上げた。

「だめだ、レンっ、いいよって言われるまでさわっちゃだめだ」

慌てる俺に、レンは大きな声で返事をした。

「はぁい！」

レンから取り上げた瓶子は……たしかに、一滴も酒が湧いた気配がない。

なかをのぞいてみても、空っぽだ。

「どうして……レン、中身飲んでないよな」

「のんでないよ」

「……なら、どうして瓶子の中身が空っぽなんだ？

誰かがこぼした？　飲んだか？

いや、たとえその時に空っぽになったとしても、再びお神酒が湧いて出てくるはずだ。

隼斗は仮の祝言の際に「美味い！」と言ってすぐに飲み干すが、お神酒は空になるたびにその場で湧いていた。これは、祝言が終わるまで続くのだ。

「……まさか」

ふっと浮かんだ可能性を、俺は確かめずにはいられなかった。

もし、もしそうなら。

「レン、ちょっと一緒に蔵に行こう。蔵には行ったことがないだろう？」

「いく！」

元気に返事をするレンを抱えて、庭から出て蔵まで向かう。

足は自然に速歩になってしまい、心臓は緊張で強く脈打ちはじめていた。

蔵は屋敷の敷地内の離れたところに建っている。主に管理は狸に任せていて、年に二度大掃除が入る。

蔵の重厚な戸を開けると、最近出入りがあったばかりだからか、明かりを灯すランプが置かれていた。

まだ祝言のために持ち出す物があるのだろう。

そのランプに向けて指を鳴らすと、ランプのなかで火花が散り着火した。

ふわっと、柔らかな明かりが蔵のなかを照らしている。

どの荷物も整理整頓されて、しっかり管理してあるようだ。

ぐるりと見渡すと影が濃く大きく動き、レンがキャッキャと喜ぶ。

「大事だけれど、使う頻度が低いものは……こっちか？」

大きな蔵の最奥に進む。すると、金の模様をあしらった箱がいくつも積まれているのを見つけた。

巴紋が記されている。

「俺の、祝言に使う道具だ」

レンを下ろし、一番上に積まれた小さな箱をとる。

この箱は、丁寧に飾り紐で封がされていた。

その紐に手をかけ、一気にとく。

箱の蓋を開けると、口を上に向けた瓶子が姿を現した。

隼斗の瓶子とは違った、もっと白味が強く空に浮かぶ月に似て真っ白なものだ。

その瓶子を、そうっと持ち上げる。

——ちゃぷんっ。

耳を疑ったが、二、三度振っても間違いなく液体が揺れる音がする。

鼻を近づけて、その水分が酒であることを確認した。

「いつから……いつから、湧いていたんだ……」

俺の瓶子に、お神酒が湧いている。

これは、今回の〝はるおこし〟でやってきた環季が俺の花嫁だという揺るぎない証拠だ。

「……ははっ、環季、環季は俺の……」

堪らない嬉しさが込み上げて、叫んでしまいたい衝動を必死に抑えた。

環季は隼斗の花嫁ではなく、俺の花嫁だった。

「俺の、花嫁だ……っ」

……しかし、これでますますわけがわからなくなった。

隼斗が呼びかける夢を見続け、たまきと同じく風神の運命の番となる竜胆の痣をもっている環季。

けれど彼女は隼斗の花嫁ではなく、俺の〝はるおこし〟の龍の花嫁として狭間にやってきた。

それならば、環季の身がこの狭間の世に日に日に馴染んでいかなくなっているのはなぜだ？

たまたま？　偶然そうなっただけ？

隼斗の、運命の番の生まれ変わり。

俺の〝はるおこし〟の龍の花嫁。

……いったい、環季はどちらなのか。

混乱を極めるが、これで俺も環季について行動を起こす理由が見つかった。

「ははっ……」

じわりと、目頭が熱くなる。

ずっと鼻をすすっても、じわじわ涙が湧いてくる。

俺は、環季に惹かれていた。

多分最初から、花畑でその姿を見つけてから、きっと好きだったんだ。

――これ以上、環季が困ったり弱ったりし続ける姿をもう見たくない。

……環季を早くここから……逃がしてやろう。

俺の花嫁のために、この身がどうなろうともだ。

黙ってそばに立っていたレンを抱き寄せる。

「レン。今夜はたくさん、環季に大好きだって伝えるんだぞ」

「どうして？」

「……環季が、喜ぶだろう？」

レンは大張りきりで、何度も頷く。

小さな頭を、思いきり撫でてやる。

俺は、決めた。

環季を人の世に帰そう。周期でいえば、そろそろ青い花が咲く頃だ。

隼斗が念には念を入れて、環季が帰れないよう花を枯らしてしまわないとも限らない。その前に環季を逃すのだ。

レンは俺が育てる。隼斗が俺を育ててくれたように、大事に育てるとあらためて決めた。

箱に瓶子を戻し、もとどおりに紐で結び、ランプの火をしっかりと消してから蔵を出る。

「蔵に二人で入ったことは誰にも内緒だぞ。勝手をすると管理をしている狸に叱られるからな」

狸に心で謝りながら、口止めの理由にさせてもらった。

「わかった。おかぁにもひみつ？」

「そうだな、環季にも内緒だ」

男同士の約束だと、レンと指切りをした。


毎日すり減り続けていた心は、妙に凪《な》いでいた。

環季が俺の花嫁だという事実は、何よりも俺を歓喜させている。

それだけで、この先に起こるであろう大きな混乱は全部受け入れられる覚悟ができた。

いまの隼斗にはこの状況を話したところで、もう聞く耳はもたないだろう。

環季に真実を話してしまったら……混乱させ困らせるだけだ。

この事実は未来永劫《えいごう》、俺の心にしまっておくと決めた。

夜になるのを待ち、俺は雷獣たちに密かに花畑へ向かうように指示をした。

青い花が咲いていたら、俺に知らせるようにと。

雷獣は信頼のおける、俺の雷から生まれた眷属だ。

普段は綿あめみたいな容姿で庭を跳ね回るこいつらも、雷から生まれた妖。

何か起これば反撃もするし、主からの指示を忠実にこなせる頼りになる存在だ。

雷獣たちが庭で過ごす小屋の近くには、環季が使っている客室がある。

俺は環季と話がしたくて、中庭から客室のなかにそっと声をかけた。

なかにいた環季はすぐに気づいたようだ。驚いた声を小さく上げたので、俺だと伝えた。

「わ、犬飼さま、こんなところからどうしたんですか？」

やつれた環季は、それでも笑顔を見せてくれた。

こちらの勝手で人の世に帰ることを止められ、こんなにも弱々しくなって……罵倒《ばとう》されてもおかしくないのに、環季はいつも俺を気遣ってくれる。

「調子はどうだ？」

縁側に腰かけると、環季も出てきた。

「いつもどおりです。すみません、もう少し元気だったら良かったんですが……」

へへっと、心許なさそうに微笑む。

「とてもしんどいと思う。大変な思いをさせて申し訳ない」

頭を下げると、環季は慌てて俺の頬を両手で挟んで前を向かせた。

目を合わせた環季はやつれていたが、眼差しの強さは出会った頃と変わらないものだった。

「犬飼さまが頭を下げることじゃありません。私にも原因はわかりませんが、ここは人の世ではありません。仕方がないんでしょう」

環季が俺から手を離したので、それを思いきって勇気を出し捕まえた。

冷んやりして細い指、華奢な手を包み込む。

環季の白い顔が途端に真っ赤になるのを、俺は素直な気持ちで可愛いと思い見つめることができた。

「い、犬飼さま、こんなところ、隼斗さまに見られたら……っ」

「隼斗はいま、狸を相手に酒を飲んでいる。狸は大ザルだ、うまく隼斗を酔わせて潰してくれてるよ」

狸には、今夜環季と話をする時間が欲しいと頼んだ。

早いうちから隼斗と飲み比べをして、潰しておいてくれと頼むと快く引き受けてくれた。

手を離さず握ったままでいると環季は諦めたようで、俺の好きにさせてくれた。

もっと早く、こうしていれば良かった。しくりと、胸が痛む。

「……レンはどうした？」

「あ、麻さんのところへ行っています。少し遊んでもらってからお風呂に入るのが楽しいみたいで」

レンの世界は、毎日広がっているのだと環季は嬉しそうに話をしてくれる。

気持ちのいい夜風が吹く。

広大な花畑からは、離れていてもここまで花の匂いを風が運んできていた。

俺は、環季を見つけた時を思い出していた。

「花の香りがすると、いつだって環季を見つけた時を思い出すよ。環季は雷獣に顔を舐められて、目を閉じながら必死に避けようとしていた」

「だ、だって！　びっくりしたんですよ、ぺろぺろっていきなり舐められて」

「たしかに、顔を舐められて気がついたら……びっくりするな」

「でしょう！　変質者かと思ってしまって」

だから、目を開けた時に格好いい犬飼さまがいて、二度びっくりしたと笑った。

まるで少し前に戻ったように、時間の許す限り思い出話に花を咲かせた。

俺も思うがままに、環季との楽しかったことを頭に浮かべては言葉にする。

環季はそのたびに、大笑いしたり否定したり、いつもよりずっと調子が良さそうに応えてくれた。

二人だけのこの時間が、ずっと続けばいいと思ってしまう。

俺に笑いかけてくれる環季に、本当は俺の花嫁なのだと伝えてしまいそうになるのを耐える。

表情を明るくして、俺を受け入れてくれる環季の姿を想像してしまう。

どのくらい話ができたろう。

二つ並んだ月が、もう空の一番高いところまでのぼっている。

そろそろ、時間が来てしまったようだ。

レンが風呂から帰ってくる頃だろう。

「あはは、ああ、久しぶりに笑った。すごく楽しくていい気分だ」

「私もです、一気に元気になりました」

こんなふうに二人きりになって話をすることができなかった理由を、お互い口にはしなかった。

「……じゃあ、風が冷たくなってきたから環季は部屋に戻って」

これからレンが戻ってくる。二人の大切な時間を、最後の時間を邪魔したくはない。

「犬飼さま」

「うん？」

環季は、俺をじっと見つめて、意を決したように口を開く。

「また、こうやってお話ししてほしいです」

「……うん」

「これで、最後だなんてことは……ないですよね？」

環季の鋭さには、驚いてしまう。けれど俺はそれを一ミリも表面に出さないまま、

「ないよ」とだけ伝えた。


ほどなくして。花畑から戻った雷獣の一匹が、口のなかに隠して……青い花の花弁を持って帰ってきて、俺に見せてくれた。


翌日は、いつもと変わらずに過ごした。

酒で潰されたはずの隼斗は元気に飛び起きていたし、環季は部屋から出られない。

環季の了承をいまだ得ないまま、祝言の準備は着々と進んでいる。

穏やかな午後だ。雷獣たちと庭で走り回ったレンは、縁側で昼寝をはじめてしまった。

「……狸、レンを俺の部屋に抱いて連れていってやってくれないか？　環季は、休んでいると思うから」

様子を見にきた狸は頷いて、レンを起こさないように抱き上げて連れていってくれた。

隼斗はさっき、〝たまき〟への贈り物を探しに市へ出かけた。

俺はそのまま客室へ出向き、襖越しに環季に声をかけた。

「環季、起きているか？」

少しして、掠れた声で消え入りそうに「はい」と返事があった。

「入るぞ」

室内へ入ると、環季は布団で寝込んでいた。

「ごめんなさい……体がうまく起こせなくて」

もう、環季は相当弱っている。ひとつ言葉を発するたびに、ふぅっと息を吐いている。

昨日話をした時よりも、ずっと状態は悪くなっていた。

俺は環季に近づきゆっくりと抱き起こし、自分の羽織を脱いで環季の肩からかけた。

「いぬかい……さま？」

「……いい。そのまま目を閉じていて。何も心配しなくていい」

そのまま抱き上げても、もう環季から反応はなかった。

家出をした時に環季が持っていた巾着を掴んで、懐《ふところ》へ入れた。

腕のなかでぐったりとする環季は、いつか抱き上げた時よりもさらに軽くなっていた。

「……もっと、俺が早く決断できていれば……すまなかった」

謝った言葉は、静かに溶けていく。

それから環季をしっかり抱えて、屋敷を出た。

いつも二人で、途中からはレンをまじえて散歩した並木を抜ける。

空はいやになるほど高く青く晴れわたり、じわじわと湧く涙で歪んで見えた。

花畑に着くと、遥か遠くに青い花の群生を見つけた。

「環季、帰れるぞ」

花畑を、花を潰すのをためらうことなく走り抜ける。

環季との永遠の別れが、もうすぐそこに迫っていた。

潰れそうに胸が痛い。

歯を食いしばっていないと、叫んでしまいそうだ。

「好きだよ、好きだった……！　俺は鈍感で気づかなかったし、環季をそういうふうに見てはいけないと思っていたんだけど」

俺がいまさら気持ちをさらけ出しても、もう環季からの返事はない。

もっと早く、早く、環季がもっと起きていられる時に人の世に帰してやれれば良かった。

隼斗に気を遣いすぎたあまり、たったひとりの大切な環季をここまで弱らせてしまった。

「……俺は馬鹿だ、大馬鹿者だ」

環季が聞いていたら、「そうかもしれませんね」と笑ってくれたかもしれないのに。

腕に抱えた環季は、俺が気持ちをひとり吐露しても、ぐったりと白い顔をして目をつむったままだった。

ついに、青い花のもとへたどりついた。

この花が咲く場所は、違う世への転送門だ。一度使えば花は枯れて、また次の花が咲くのを待つしかない。

霊力を相当消費するので、誰もが使えるわけでもない。違う世から狭間に戻るにも、決められた転送門が必要だ。

雷神である俺の力を使えば、環季は無事に人の世の社に戻れるだろう。

あちらに戻ればきっと誰かに見つけられて、救助されればそこから徐々に体は回復していくはず。

長い夢。ここでの記憶は、長い夢としていつか環季の記憶から消え去る。

「……さあ、お別れだ。こちらの都合で、環季にはつらい思いをたくさんさせてしまった。すべてを忘れて、人の世に戻って幸せになってくれ」

白い頬を撫でると、眠っていたと思われた環季は薄く目を開けた。

「……いや、やだ、忘れたくない……」

「だめだ。俺は環季が一番に幸せになってくれるように祈っている……好きだよ、環季」

好きだという、愛おしい気持ちをありったけ込めて、環季の唇に口づけを落とす。

初めての口づけは、涙で濡れていた。

七章

犬飼さまから告白と、キスをされた瞬間。

力が抜けて動けなかった体に光の粒が隅々まで行き渡り、奪われていくばかりの力が戻ってきた。

動かせなかった手に力が入る。足も動きそうだし、霞がかってばかりだった頭がクリアになっていく。

私は花の香りと眩しい光に包まれながら、必死に人の世に戻るのを拒んだ。

「絶っ対に、いや！　戻らない！　犬飼さまに、好きって、大好きだって返事してない！」

大声を出し手足を思いっきりばたつかせたら、犬飼さまの声で「痛ッ」と聞こえた。

恐るおそる目を開けると、涙目の犬飼さまが私の顔を覗き込んでいた。

「……ごめんなさい、顔に手が当たっちゃいましたか？」

「環季は、意外と力があったんだな……」

「レンを抱っこしているうちに力がついたのと、あとなぜか急にいま、体力が戻ってきたんです」

「犬飼さまに、キスされて……」そう言葉を続けた瞬間、犬飼さまの頬が裂けて血が流れだした。

「……えっ、犬飼さま、血がっ！」

「大丈夫だ、環季は俺のそばから離れないでくれ」

犬飼さまがとても怖い顔をして、見据えた先に……隼斗さまが怒りの形相でこちらへ歩いてきていた。

巻き上がる風に、咲いていた花はちぎれて舞って、大量に地面へと落ちていく。

辺りが薄暗くなってきたと空を見上げると、ものの数秒で禍々《まがまが》しい黒雲が低く空を埋めつくした。

黒雲のなかで稲妻が走るたびに、雲の輪郭がはっきりと現れる。そして隼斗さまの恐ろしい顔が、白く浮き上がる。

間髪入れずに、鋭い風が吹くたびに犬飼さまの着物が裂けて血が大量に滲み出す。

私を背中にかばっているから、犬飼さまは下手に動けないように見えた。

「……雷蔵。お前、たまきをオレから奪ったな」

「隼斗、よく見ろ、ちゃんと環季のことも見てくれ」

「オレには、たまき以外は見えないし、必要ない」

ひどく冷たい目が私を見据える。とても恐ろしかったけれど、正直腹も立っていた。

一方的に傷つけられながら、犬飼さまは威嚇《いかく》のようにして、隼斗さまのそばに雷を落とす。

そのたびに鼓膜を破りそうなほどの衝撃音がするけれど、隼斗さまは地響きのなか、平然としていた。

直接、隼斗さまめがけて雷を落とさないのは、犬飼さまが隼斗さまを傷つけたくないからだろう。

大粒の雨も降りだし、強風に乗って私たちの体に叩きつけられる。

目を開いているのがやっとで、足元の土は大量に水を含みぐちゃぐちゃにぬかるんだ。

犬飼さまは、育ての親の隼斗さまを大切に思っている。

隼斗さまを傷つけることができない、犬飼さまの悲しい気持ちが流れるように私の心に伝わってくる。

すぐにもっと強い風が吹いたと思ったら、犬飼さまは苦しそうにがくりと地面に膝をついた。

「犬飼さまっ！」

ずっと隼斗さまが怖かった。

隼斗さまと接していると、私の存在が全否定される。

そのたびに気を落とすと、連動するように体調も悪化の一途をたどっていた。

目の前にいる私は、隼斗さまにはたまきさんの印をつけた器みたいなものにしか見えていないのだろう。

痣が……竜胆の痣なんてあるから、隼斗さまもそれに囚われてしまっているんだ。

私は立ち上がって、隼斗さまの前に立った。

背中では動けない犬飼さまが、何度も私に逃げるように必死に呼びかけている。

「隼斗さま。私、隼斗さまに否定されるたびに、考えていました。本当に私は、たまきさんなのかって」

怒りに満ちた隼斗さまの表情は、変わらない。

「たまき。お前は、たまきだ。その竜胆の痣が証拠だ」

その言葉を聞いて、私は大きくかぶりを振った。

「やっぱり違います。私は隼斗さまを、怖いとしか思えません。私を通して……空っぽに話しかけているみたいで……怖い」

「なんだと……」

「……そんなに、たまきさんに執着するなら私の足をあげます。たまきさんと同じ、竜胆の痣のあるほうをあげます」

足一本でどうにかなるなら、それが一番いいと思った。

表情を変えない隼斗さまの額から、大きな角が生えてきた。腕は丸太のように太くなり、尖《とが》った爪がメキメキと音をたて伸びる。

あの爪で肌を裂かれて、あの腕で足の骨ごと折られる……想像するととても恐ろしいけれど、逃げだしたいとは思わなかった。

「……その目。赤い目も、たまきと同じだ。それも貰う」

「……赤い目？」

そう言われて、神事のために社に入った時も、相田のおばさんに「目が赤く見えた」と言われたのを思い出す。

私の目は、自分ではわからなかったけれど、気持ちが昂《たかぶ》った時に赤くなるのだろう。

たまきさんの目は、赤かったのか。

鬼に似た姿になった隼斗さまが、思いきり腕を振りかぶる。

絶対に気持ちでは負けたくなくて、歯を食いしばって目を見開いた。

その瞬間、後ろから犬飼さまに引っ張られたかと思ったら、次には横からも柔らかな体にタックルされていた。

「バカっ！　バカ環季！　死んじゃうでしょうが！」

「美狐さんっ!?」

髪を振り乱し突然現れた美狐さんはびしょびしょで、狐の耳も尻尾も出ていた。

「狐の姿になるの、いやなのにっ。でも速く走れるから！　環季が危ないって思ったら、勝手になっちゃったよ～！」

半べそをかいた美狐さんが、私をこの場から離そうと必死に引っ張る。

容赦のない隼斗さまの二撃目は、私たちをかばった犬飼さまの背中を真っ赤に引き裂いた。

「……ッ！　美狐っ、環季を連れて早く逃げろっ！」

犬飼さまは、隼斗さまの腕を掴んで押さえ込む。隼斗さまは、もとの優しい面影をなくした、獣のような形相になっていた。

美狐さんは私の手を強く引いてその場から走りだそうとしたけれど、折れて重なった花や泥、えぐれた地面に足をとられて二人して転んでしまった。

「隼斗っ、やめろっ！」

そう叫ぶ犬飼さまの額からも、角が二本生えていた。

笑ったらちらりと見えていた可愛い犬歯は、喉仏くらいなら簡単に食いちぎれそうなほど尖り、大きく剥きだしになっている。

二人は取っ組み合いになった。逃げようとする私たちを隼斗さまが追いかけてくるのを、犬飼さまが力ずくで止めてくれていた。

空は墨をこぼしたようにさらに真っ暗に染まり、雷鳴が響く。土砂降りは止まらず、体温がどんどん奪われていった。

突風が吹き荒れ、遠くの並木の木々を薙《な》ぎ倒しはじめた。

私と美狐さんは泥にまみれながら、距離をとろうともがく。

犬飼さまはどうにか隼斗さまを引き倒し、私たちのあとを追いかけてきてくれた。

私は必死に犬飼さまの名前を叫んだ。

だけど、のろのろと立ち上がった隼斗さまが私に向かって、容赦なく空気を切り裂くような風を起こす仕草をした。

あれに当たったら、確実に死ぬ。そう頭のなかでは理解しても、泥と雨に濡れて息の上がった体はすぐには動かない。

「……ひっ」

小さく悲鳴をもらして目をつむり構えたけれど、覚悟した激痛は襲ってこない。

その代わりに、頬に生温かい血しぶきが飛んできた。

「な、なんで、犬飼さま……っ」

目の前で、両手を広げる大きな背中。

犬飼さまの左腕は上腕が大きく裂け、血が噴き出していた。

逞しくて、いつもレンを大事そうに抱いてくれた大好きな腕が、血を噴き出したあと、だらりと力なくぶら下がった。

犬飼さまは一切、声を上げなかった。

切られた瞬間もいまも、ものすごく痛いはずなのに……私たちがいっそう不安にならないよう、耐えてくれているのかもしれない。

踏み荒らされた花と血の海で膝をつくと、犬飼さまはやけに長く息を吐いた。

悲しみ、怒り、切なさ。それらをどうすることもできなくて、ただ息を吐く。そんな様子だった。

私は、もう犬飼さまのそばにいたいという気持ちしかなかった。

激しく落ちる雷鳴も、強く吹く風の音も、美狐さんが私に叫ぶ声も、何も聞こえなくなっていた。

足首の痣が熱く痛むのがわずらわしい。

膝をついたままの犬飼さまに、正面から抱きついた。私は泥まみれ、犬飼さまは血まみれだ。

血と雨でぬるつく背中に手を回して、冷たくなりはじめた体をさする。

「……犬飼さま……いぬかいさま……」

いまにも閉じてしまいそうな金色の瞳。

頬についた血を拭って、私は引き結ばれた冷たい犬飼さまの唇に、自分の唇を押し当てた。

「……犬飼さまだって、キスしたんだから。おあいこですよ」

うなだれたままの首元に抱きついて、額を首筋に擦りつける。

いつの間にそばまで来ていたのか、しゃがんだ隼斗さまに竜胆の痣のある足首を、強引に掴まれた。

私は犬飼さまから手を離す。隼斗さまはまるで軽い布人形でも扱うように、簡単に私を犬飼さまから引き剥がした。

「もう勝手に持っていって……そうしたら、私たちにかまわないで」

喉から声を絞り出す。

ギリギリッと力が込められ骨が軋み、私は奥歯を噛み締めた。

足をもがれると覚悟した瞬間、隼斗さまが唸りながら掴んだ私の足を離した。

「……あっ」

足首の竜胆の花が光り、花びらの一枚が足首から抜けだして、ぼんやりと光りながら隼斗さまの目にすっと入っていく。

足首を見ると、竜胆の花が散りはじめていた。

「花が、散ってる……？」

私はただ、その様子を見ていることしかできなかった。

隼斗さまは動きを止め、そうして……。

「え……、ああ、たまきか……？」

虚空に向かって、隼斗さまが呟いた。

「声が、たまきの声が聞こえる……！」

「隼斗さま……？　あっ」

足首が再び熱くなり、今度は残った花びらが並びを変えて……さっきまでの竜胆とは違う痣へと形を変えた。

「これって……」

それは勾玉を三つ組み合わせた、犬飼さまの腕に浮いている痣と同じだった。

私の足首の痣が、巴紋になった……？

「……環季……？」

微かに、犬飼さまが声を上げる。

私は隼斗さまを受け入れられず、犬飼さまに惹かれていた理由がいま本能的にわかった気がした。

「犬飼さま……っ！」

「どうして……逃げなかったんだ……？」

私は犬飼さまの身を必死に起こし、新たに浮きでた足首の痣を見せた。

犬飼さまは私の痣に見入ったあと、深い怪我を負っていないもう片方の腕で私を強くつよく抱き寄せた。

「……俺の、運命の番……環季は紛れもない俺の花嫁だ」

「はい……ずっと一緒です……」

虚空に向けられた隼斗さまの視線が、私たちに向けられた。

「……隼斗、環季にはもう、手を出さないでくれ」

深手を負っているのに、犬飼さまは立ち上がった。

さっきまで犬飼さまは死んでしまいそうだったのに、どうして。

犬飼さまは隼斗さまの腕を、片手だけで捻《ひね》り上げた。隼斗さまもやり返そうとするけれど、動きが鈍くなっているように見える。

犬飼さまは逆に、深手を負っているようには見えない。そのうちに、隼斗さまを片手だけで地面に引き倒した。

「……口づけることで、運命の番の力を得たのか……。環季は、雷蔵の番だったのか……だが、たまきは？　オレのたまきは……」

「もう終わりにしよう、隼斗。環季は俺の、雷神の運命の番だ」

強くはっきりと、犬飼さまが告げる。

隼斗さまは、私を見た。

さっきまでの理性をなくした獣の表情とは違う。私が初めてお顔を見た時と同じ、穏やかな顔に戻っていた。

「負けだ……お前は、たまきではなかったのだな……」

泥にまみれた隼斗さまの動きが、スローモーションに見えた。

「……私は……犬飼さまの……花嫁です」

そう答えた私も、ふっと目の前が真っ暗になって気絶してしまった。


目を覚ますと、レンが私の顔を覗き込んで泣いていた。

すっかり見慣れた、私が使わせてもらっているお屋敷の客室の天井だった。

「レン……」

やっとの思いで腕に力を込めて伸ばしレンを抱き寄せる。

「泣いてたの？　心配かけてごめんね……」

「おかぁ、おかぁっ」

抱きつくレンは、また大きくなったように感じた。

部屋にはレンしかいないらしく、しんとしている。

あのあと、犬飼さまはどうなったの？

あの時は、いったん回復していたように見えたけれど、傷だらけだった。

血も大量に流れていたし、腕にも酷い傷を負っていた。

最後は隼斗さまを止めるほどの力を取り戻したように見えたけれど、かなり無理をしていたと思う。

……もし万が一、もしものことがあったら。

いやでも想像してしまう。冷たい体、手に触れた血のぬるつきを思い出すと悪い思考は止まらない。

涙があふれ、嗚咽《おえつ》をもらす。

「……ふっ……うぅっ」

「……いやいや、環季、雷蔵さまのこと死んだとか思ってるでしょ？」

頭のほうから美狐さんの声がして、驚いて私は寝かされていた布団から跳ね上がって起きた。

「美狐さん!? 体は、怪我はっ……ああ、爪がっ」

「大丈夫！　あたし、体だけは無駄に丈夫なの」

頬っぺたに薄く手当ての跡を残した美狐さんが、ジャージ姿で座っていた。

デコられたつけ爪は、全部バッキリと折れていた。

「……頬っぺたも……つめ、爪、ごめんなさいっ」

「頬っぺたは平気だよ、こんなのすぐ消える。白蛇のくれる軟膏って、切り傷にめちゃくちゃ効くの。あとで環季のぶんも貰ってあげるよ」

「軟膏、持ってます……前に白蛇の店主さんに貰ったから。ああ、綺麗な爪をボロボロにしちゃって、本当にごめんなさい」

「爪も伸びるから大丈夫。それより、雷蔵さまの心配が先だって」

ごくりと、息を呑む。

「……本当に、ほんとうに犬飼さま……生きてるの……？　腕、かなり傷が深かったよ？　全身だって傷だらけの血まみれだった」

「見たみた！　かなり傷口深かったね、骨までいってた。あたし、久しぶりにあんな血の海を見たよ。雷蔵さまの止血する時に、傷口まじまじと見ちゃった」

「あの、血とか怖くなかったんですか……？」

美狐さんは大きな目を細めて、にんまりと笑った。

「月森家は、神様から頼まれたらなんでもしなきゃならないからね。暗殺、襲撃、お手のもの。だから、妖それぞれの体の仕組み、造りをすべて頭に叩き込むの。殺すのも助けるのも、ある意味同じだからね」

美狐さんはそう言って、自分の頭を人差し指でつついた。

「あの、犬飼さまの怪我は……やっぱり酷い状態ですか？」

「全部綺麗にくっつけてもらったよ、薬師の白蛇に。あいつ、環季から卵を差し入れにもらったの、いつまでも喜んでてさ。滅多に店から出ないくせに、環季のためならって屋敷まで来たんだよ」

あいつ、そういうの無駄に得意だから！と言って美狐さんは笑った。

「ぼくもあったよ、しろへびさん」

いつの間にか泣きやんでいたレンが、声を上げた。

「レンも？」

「おてつだいしたの、ちちのきれちゃったおてて、くっつけるの」

「くっつけたって、どういうこと……？」

レンが白蛇の店主さんと一緒に、犬飼さまの治療にあたったと聞いて自分の耳を疑った。

「へびさんが、ちくちくぬうの。そこに、ぼくがべたべたをぬる」

白蛇の店主さんが傷口を縫《ぬ》って、レンがあの軟膏を塗ったんだろうか。

血まみれの深い傷……情操教育は!?という考えがちらりと頭をよぎったが、レンは大丈夫だったようだ。

「えらい……えらいね、よくお手伝いできたね」

「しろへびさんも、たのしそうだった」

楽しそうだった？　治療と称して、犬飼さまの一部を持って帰ったりはしていないだろうか。

申し訳ないが、一瞬頭にそう浮かんでしまった。

その時。廊下からバタバタという足音がして身構えたが、部屋に飛び込んできたのは……犬飼さまだった。

「環季、目を覚ましたか……!?」

犬飼さまは、生きていた。生きて、私を見て、駆け寄ってきて……強く抱き締めてくれた。

「犬飼さまの腕や体の傷……大丈夫ですか……っ」

「心配をかけた、もう大丈夫だ」

「美狐のおかげで失血死しないで済んだって、ちゃんと言ってくださーい！」

美狐さんがレンを抱き寄せて、ニコニコ笑っている。

「あの、隼斗さまは……どうなったんですか？」

恐るおそる聞くと、犬飼さまと美狐さんが交互に話しはじめた。


あの日。

美狐さんは屋敷をすごい形相で出ていく隼斗さまを見て、ただごとではないと、あとを追ったらしい。

その後花畑で私に向かって隼斗さまが手を上げた瞬間、無我夢中で狐の姿になり全力で駆け寄り、すんでのところで人の形に戻り私を助けてくれたのだ。

そして、すべてが終わってから。私はすぐに意識が遠のいたから知らなかったのだけど、すぐに犬飼さまも気を失ってしまったので、止血を施《ほどこ》したあと必死に屋敷まで戻り、狸さんたちに助けを求めたのだという。

隼斗さまも同時に倒れ、一緒に屋敷へ回収された。

その後、美狐さんが連れてきてくれた白蛇さんのおかげで、犬飼さまの深い腕の傷口は塞がれた。

私は二日経って、ようやく目を覚ましたのだそうだ。

隼斗さまは……もう起き上がれないらしい。

そうして、私に会いたい。たまきではなく、環季に会いたいと言っているという。

「正直言うと、隼斗はもう助からない。禁忌を犯した時点から、神力を失い続けている。だから……たまきに執着していたんだ」

「助からないって……」

犬飼さまは複雑そうで、悲しい表情を浮かべた。

「……今夜にももう、形を保てず消える」

それを聞いたのと同時に、いまは巴紋に変わった足首の痣が痛んだ気がした。

気になり足首を見ると、犬飼さまと同じ巴紋になったはずの痣の上に、また竜胆の痣が浮き上がろうとしていた。

「痣が、また竜胆の痣がっ」

「……たまきは、隼斗との再会の約束をまだ果たそうとしているのか」

私はその言葉に背中を押されて、返事をした。

「会います、隼斗さまに会わせてください！」


行ってはいけないと言われたお屋敷の最奥に、その座敷はあった。

襖にはキジの番が描かれていて、夢で見たものと同じで息を呑む。

その向こうから、力ない掠れた声で「環季」と隼斗さまが呼んでいるのが聞こえた。

犬飼さまのほうを見ると、大丈夫だという顔をして、ゆっくりと頷いた。

「……環季です。入ります」

静かに襖を開けると、広い部屋の真ん中に隼斗さまが寝かされている。

そして私たちのほうへ、顔だけを向けた。

「怖いだろうに……来てくれてありがとう」

「正直に言えば怖いですが、犬飼さまが一緒なので大丈夫です」

「オレは環季の足をもぎとろうとしたのに……肝が据わった娘だ。心も体も傷つけたろうに、すまなかった」

隼斗さまは、私に頭を下げた。

雰囲気だけなら、初めて会った頃のように穏やかだ。

大きな体は手当てをされ、綺麗に寝巻きを着せられている。

その姿を見て、私の心は傷つく。傷ついたのは、私なのに、私じゃない部分だ。

いったいこれはなんなのだと困惑し、考え、ふと、ひとつのことを思い出した。

「……隼斗さま。私が人の世に生まれてくる前の話を、聞いてもらってもいいでしょうか？」

「環季の……生まれる前の話……？」

「そうです。もしかしたら隼斗さまが捜している、たまきさんに関わることかもしれません」

私は祖母に聞いた話を、しっかりと思い出しながら話をした。

私は、本当は双子で生まれてくるはずだった。

小さい豆粒ほどに育った頃、片方の子の心拍が確認できなくなった。

私はその母のお腹に残されたままの、きょうだいの亡骸を取り込んで育ち、生まれた。

「私の片割れが男の子か女の子かはわかりませんが、たしかにいたんです」

「……それが、たまきだったと？」

「わかりませんが、私のなかに……私の体の一部に双子の片割れがいるのは確かです」

隼斗さまが私から感じる、たまきさん。

私が隼斗さまに感じた、懐かしい気持ち。

これらはすべて、たまきさんだった一部分が起こしていたのだとしたら。

「もしかして、環季が狭間の世に身が慣れないのは、たまきの魂の一部を取り込んでいるからか……？」

犬飼さまが呟く。

「……ほんの小さな魂の一部が、環季の体のなかに残っているのだろう。風神の番の残穢《ざんえ》が、雷神の番である環季に干渉して不具合を起こしていた」

隼斗さまは、そう口にした。

どうしようもない、脱力感に襲われる。

たまきさんは、生まれ変わろうとしていた。

生まれてはこられなかったけれど、私の体に痣を浮かせ、私を狭間まで導いた。

「たまきさんは……また必ず、隼斗さまに再会しようと頑張ってたんです。今回は一部だけでしたが、次はきっと、必ず命をもって隼斗さまに会いにきます」

そんな予感しかしないのだ。たまきさんは、何度生まれ変わっても隼斗さまに会うために頑張るだろうと。

実際にいま、私の足首には再び竜胆の痣が浮き上がってきている。

隼斗さまが、片手を布団から出してさ迷わせた。

私はなぜか迷わず、その手をとった。

「……環季。環季のなかに残る、たまきの魂の一部をオレにくれないか？」

「……えっ」

「どんな姿であろうと、オレの最愛のたまきだ……たとえ魂の残穢でもな。一緒に連れて逝きたいんだ。オレがたまきを連れて逝けば、環季は雷蔵の純粋な番という存在になれる。混ざりものがなくなれば、じきに狭間にも身が慣れてくる」

どうだろうと聞かれ、私は犬飼さまの顔を見た。

「私は、犬飼さまと一緒に生きていきたい。隼斗さまに、たまきさんを連れていってもらいたいです」

犬飼さまは、私に何かあってはと心配なのだろう。うー……と唸ったあと、隼斗さまに向かってこう言った。

「もし、変なことをしでかしたら、今度は俺が隼斗の腕を捻じ切るぞ」

「あはは、それは脅しか？　またやり返してやろうか、オレの息子、弟、相棒よ」

あははと笑う隼斗さまは、犬飼さまのことが可愛くて仕方がないといった感じだった。

殺し合いをした二人が、いまは笑っている。

私のわからないところで、二人の間ではいったんケリがついたのだと思った。

私のなかにいるという、たまきさんの魂の一部。私にはそれはさっぱり感じられないし、わからないけれど。あの竜胆の痣、花びらが目に飛び込んだ隼斗さまには、あの時たまきさんの姿がはっきりと見えたという。

「ここ……」

と、身を布団から起こした隼斗さまが指さしたのは、私の足首の痣だった。

「ああ……巴紋の上から竜胆が浮いている。たまきは、俺との約束を果たそうとしてくれていたんだな。約束を魂の残穢にまで染みつかせて……」

隼斗さまが、私の痣の浮いた足首に手のひらを当てる。

愛おしい人に触れるように、そうっと、そのうちに包み込むように。

少しすると、じわじわと痣が痛くなってきた。

「……いたっ」

「ああ、たまきだ……！」

隼斗さまが大事そうに手のひらに包んだものを見せてくれた。

大きな手のひらには、散った竜胆の花びらが大切にのせられていた。

愛おしそうに顔を近づけ、名前を呼び、隼斗さまは涙を流しながら花びらに唇を落とす。

その光景を見守る私に、隼斗さまは静かに口を開いた。

「……体、つらかったろう。肺に、病巣があるように見える」

たしかに、体調を崩してからは息が苦しい時が多かった。

頻繁に苦しくなるようだったら、鬼のお医者さまか白蛇の店主さんに相談しようと思っていたのだ。

「どうして……隼斗さまは、わかるのですか？」

「ああ。たまきのそばにずっといたからな。呼吸の仕方や軽い喘鳴《ぜいめい》で、もしかしたらと思った」

私は自分の着物の合わせを強く握った。

……もし。たまきさんと同じ病だったら、犬飼さまと一緒にいられる時間は限られてしまう。

「隼斗っ、どうしたらいい、俺はどうしたら……！」

犬飼さまは焦った様子で、私の隣にきて隼斗さまに問うた。

真っ青な顔の犬飼さまに、隼斗さまが手を伸ばす。

頭をがしがしと撫でて「心配するな」とニッと笑った。

「オレが最後の神力を使って、病巣を持っていく。感じた限りでは、まだ酷い状態にはなっていない。いまならできる」

「でも、神力を使ったら隼斗さまは……！」

「なあに、神力を使い尽くしてすぐにオレは消えてしまうが、たまきが一緒だ」

たまきだって、絶対にきょうだいを助けろと言っていると、隼斗さまは私にも笑いかけた。

隼斗さまは、私に着物の合わせを開くように指示した。

「早くしないと、先にオレが消えてしまうぞ！　ほらほら」

「隼斗、冗談でも笑えない、笑っていいのかわからないよ」

「笑えわらえ！　湿っぽく送りだされるのは、いやだからな！」

二人の会話を聞きながら、私は慌てて合わせに手をかけた。

犬飼さまは、私の後ろで心配そうに見守っている。

「隼斗さま、よろしくお願いします」

「深呼吸して……大丈夫だ」

大きな手が、素肌を晒《さら》した胸の真ん中にかざされる。そこからじわじわと体の中心が熱くなっていった。

ぽたり、と真剣な表情の隼斗さまから玉のような汗が畳に落ちる。

私は祈った。とにかく犬飼さまとずっと一緒にいたいと祈り続けた。

どのくらい、そうしていただろうか。

寝巻きの浴衣の襟まで汗でびっしょりにした隼斗さまが、手を下ろしふぅっと息を大きく吐いた。

「……もう心配ない。環季、雷蔵をどうか、末永くよろしく頼むぞ」

そう言った隼斗さまの体からは、あの真夜中の花畑の花のように、淡い光の粒が立ち上りはじめていた。

隼斗さまは本当に大事そうに、たまきさんを手のひらに包んで、一緒に光に包まれている。

私は乱れたままの着物の合わせを強く握り、犬飼さまは私の隣で肩を抱いてくれた。

「じゃあ、オレたちは逝くぞ。雷蔵、新たな風神の教育をしっかりかりな」

「わかっている。環季の病のこと、ありがとう……っ」

隼斗さまは、犬飼さまの肩を叩き「大事にしろよ」と声をかけた。

「それと、環季。たまきが、ここで生きていくのに、無駄にはならないからと」

きょうだいに置き土産だと言って、私の目元をすっと隼斗さまが覆う。

「……いまよりずっと、いろいろなものが見える目だと言っている。はは、やっぱりお前は、たまきに似ているな。どんなに自分が不利な状況でも、いつでも負けるもんかという顔をして、目を見開くさまがそっくりだ」

あはは、と笑い声を残して……隼斗さまと、たまきさんは一緒に賑やかに消えていった。

八章

隼斗と、たまきが消えていくのを見届けたのと同時に、奥の間に裸になったレンが飛び込んできた。

「おかぁ！　ぼくのからだに、へんなもようがぁ」

着物をどこに脱ぎ捨てたのか。大泣きするレンの体を見た環季が、真顔になって俺に目を向けた。

「これ……この梵字のような模様……隼斗さまが以前、風神の証だと言って見せてくれました。……い、犬飼さま、もしかして、さっき隼斗さまが言っていた新たな風神って……！」

「レンのことだったんですか」と書いてある顔をして、環季は俺を鋭い眼差しで凝視する。

隠していたわけではない、決定的な確信がもてなかったのだ。

「……ああ、新たな風神とはレンのことだ」

「どういうことですか、犬飼さま、知ってたんですか？」

ぐいっと、距離を縮めて環季が俺に詰め寄る。

するとそばにいたレンが、泣きべそをかきながら環季を見上げた。

「おかぁ、どうしておっぱいでてるの」

「えっ……わあっ！」

驚きで合わせから手を離してしまった環季の、透きとおるような白くまるい乳房が……はっきり見えてしまった。

環季は慌てて、再び合わせを両手で掴んでグイグイと力強く合わせた。

「……見た!?　見ましたか、犬飼さま!?」

涙目で聞かれて、俺はさっきの眩い光景を頭のなかで必死にかき消す。

「みみみ、見てない！　環季が見てほしくなかったのなら、俺は見てないことに……多分できる！」

しかし、いくら頑張っても、ふわふわと魅惑的な光景が浮かんできてしまう。

無表情は得意だ。ここは『見てない』ことにして押しきろう。

「環季。俺は見ていない。見ていないんだ。さっきは、見たかもしれないと慌ててしまった」

キリッと真剣な顔を作り見つめると「ほ、本当に？」と環季は勢いを弱めた。

……よし。これで環季が落ち着いてくれるならいい。

ほとぼりが冷めた頃に、謝ろう。

しかし、思わぬ可愛い伏兵が足元で声を張り上げた。

「ちち、おかぁのおっぱい、みてたよ～」


隼斗を見送ったあと、一ヶ月の間に環季の体調はこちらへやって来た頃と同じように元気になった。

肌艶もぐんと良くなり、体力が有り余るレンを追いかけ回している。

変わったことといえば。足首の痣が、俺の運命の番である印、巴紋になったこと。

あとは、瞳の色が深紅に変わったことだろう。あれは、たまきと同じように目には見えない存在や真実の姿を映す目だ。

あの瞳のおかげで、たまきは自分の身を守ることもあった。

その瞳を環季に残してくれたのは、本当にありがたいと思う。

そんな環季はいま応接間で、鶴の妖が営む呉服屋が届けにきた桐の衣装箱を前にして「ああー……」と困っていた。

天つ神のお務めがあり顔を出せなかった俺の代わりに、環季が対応してくれたのだが……。

「雷蔵さま、あの……これって隼斗さまが進めていた……」

「ああっ、うっかり忘れていた」

隼斗が〝たまき〟と祝言を挙げるために作らせていた、新しい白無垢が届いてしまったのだ。

「こちら、呉服屋さんから預かったものです」

すっと差しだされた一通の封筒。息を呑んでなかを開くと、とんでもない請求額が記されていた。

鶴の呉服屋は熟練の職人を何人も抱えた、狭間の世で一番の店だ。高級も高級、そこに白無垢を頼んでいたなんて。

「隼斗、あいつ……！　俺に白無垢の費用をツケていたみたいだ……なんで俺が払うんだ……ふっ、あはは！」

消えた隼斗が残していった、目覚めたあとのわずかな期間の生きた証に思わず笑いだしてしまった。

「なんか、ふふっ、隼斗さまらしいです」

環季もおかしかったのか、小さく笑っている。

「はー……しかし、どうしたらいいんだ。俺が普段着として着て歩くわけにはいかないし」

ツボに入ったのか、環季は口元を隠して大笑いする。

「隼斗さまは、この白無垢を私じゃなくて、たまきさんのために頼んだんですよね。しかし本人がいないからといって、返品なんてとてもできませんし……」

たとう紙に包まれて、桐の衣装箱に収められた白無垢。二人して、それをどうしたものかと眺めていると、環季が「あっ」と声を上げた。

「しばらく、あの最奥の座敷に飾っておくことはできませんか？　一度も広げないましまってしまうのも、雷蔵さまに着せるのも気が引けます」

「まあ、いいと思うが……俺に着せる考えをいったん頭から離しなさい」

「だって、雷蔵さまが自分で言ったんじゃないですか……白無垢姿、綺麗だと思うんだけどな」

期待を込めた目で見られても、それには応えられない。

「万が一にでも俺が袖を通したら、隼斗が夢枕に立ちそうだ。あいつ、夢で呼びかけてくるんだろう？　大笑いされる想像しかできない」

そう言いながら「笑われてもいい。夢で会えるなら、一度くらいは出てきてほしい」と思う自分もいた。

後日。青行燈の三姉妹を呼んで手伝ってもらい、最奥の座敷に白無垢を飾ることになった。

たとう紙が丁寧に開かれる。現れた打ち掛けの美しさ、繊細な刺繍の仕上がりに誰もが息を呑み、俺は金額を思い出してひとり密かに二度、息を呑んだ。

衝立の衣桁に打ち掛けが慎重にかけられると、環季や三姉妹からほうっとため息がもれた。

三姉妹が戻り、最奥の座敷に環季と二人きりになった。

しんとして、隼斗が眠りながらたまきを待っていたような、静寂に満ちていた。

そっと俺に寄り添ってきた環季が、懐から指輪をひとつ取り出してみせた。

「それは？」

「このオパールの指輪、祖母の形見なんです」

虹色に輝く石のついた指輪を、環季は大切そうに俺の手のひらにのせた。

乳白色の石のなかに、空に架かる虹を丁寧に折り畳み小さくして閉じ込めたようだ。

角度を変えると、様々な光り方を見せてくれる。

「綺麗な石だ。狭間では採れない。初めて見た」

「この石は五百万年かけて、オパールという宝石になったんですよ。隼斗さまとたまきさんが、今度はもっと長く一緒にいられるように……お守りとして持ってきました」

屋敷には白無垢のほかにも、祝言に必要な小物も一緒に届けられていた。

それらは漆塗りの小箱に収め、打ち掛けのそばに置かれた。

環季はその小箱を開け、筥迫《はこせこ》と呼ばれる手のひらほどの大きさの、花嫁が持ち歩く小袋に似た物に指輪を入れようとした。

「そんなに大切なもの、環季が持っていなくてもいいのか？」

「私には祖母と過ごした思い出が、たくさんあるから。これは、たまきさんに持っていてほしくて」

そう言って、環季は笑顔を見せた。環季の祖母の形見ということは……生まれ変わろうとして消えてしまった、たまきの魂をもったきょうだいにとっても、形見の品だということだ。環季の優しい気持ちに、心が震える。

「では、失せ物のまじないをかけておこう。大切な指輪だ、何かあって指輪が姿を消したら大変だろう？」

「ありがとうございます、お願いします」

差しだされた指輪に、まじないをかける。環季に指輪を返すと、大切そうに布に包み筥迫へ収めた。

「……隼斗さまとたまきさん、また生まれ変わって出会って……ずっと一緒にいられるといいですね」

「大丈夫だ、心配ない。むしろ、あの二人が出会わないほうが驚く」

「ものすごく、好き合っていますもんね」

ニコッと微笑む環季を、柔らかく抱き締める。

――環季はまだ知らない。神と名のつく存在がどれほど運命の番に、愛する者に執着するのかを。

そして俺も、実のところ……ここまでとは知らなかった。

いま、考えることは環季のことばかり。どうして俺たちは別々の体なのかと、いっそ同じだったら良かったのにとさえ思う。

環季のすべての行動のもととなる考え方や感じ方、感情は決して俺が懐柔できるものではない。

環季という人の心の真ん中にある〝芯〟のようなものは、俺では見ることも触れることもできない。

目には見えない、形もわからない。ただ、環季が生まれてから今日まで生きて形成してきた、その〝芯〟から発せられる優しさや、俺を愛しているという感情の発露を感じ享受することだけはできる。

その慈愛に満ちた眼差しが向けられた時、白い指先が悪戯に俺をくすぐる時、俺だけに向けられた環季の感情に心が震える。

神だという自分が、その細い体にすがりついて無限に愛を請うてしまいそうになる。

言葉にできないそういった感情は、自覚はないが顔にでているらしい。

環季はそれを『可愛い』と言って、俺に思いきり触れて撫でてくる。

されるがままの俺には威厳もへったくれもなく、とてもレンには見せられない顔をしているだろう。

「……環季、好きだよ」

俺に抱きつく環季の耳元で囁くと、ふふっと嬉しそうに笑って顔を上げた。

「私も雷蔵さまが……好きです。はぁ、口に出すだけで顔から火がでそう」

耳まで真っ赤になった環季に、口づけを落とす。

「……ひぇ、ら、雷蔵さまって大胆になりましたよね」

「大胆というか、我慢がきかない。一度はなくしかけた環季がそばにいてくれると思うと、堪らなく切ない気持ちになって……こんな感情は初めてだ」

幸せなのに不安になると、素直に口にした。

「きっとこういう感情は、切り離せない影と同じなんだと思うんです。好きでも、信用していても、絶対に消したりはできない。だから切ない時には、いっぱい甘えてください」

私も全力で甘えます！と言って、環季は微笑みながら口づけをねだった。

五劫《ごこう》の擦り切れ、という言葉があるが、俺が擦り切れるまで永遠に撫で続けてほしいとさえ思う。

未来永劫、永遠、悠久の時を共にしたい。

オパールというあの宝石は、人の世の時間で五百万年かけて輝く宝石になるという。なら、俺の環季へ向け続ける愛も切なさも、五百万年したら宝石になるかもしれない。

そうしたらより深く純度がいっとう高いところだけを削り出して、環季に差しだそう。環季は、祖母の形見の指輪をたまきに贈った。ならば、俺からはその宝石を指輪にして贈ろう。

ああ、環季の驚く顔が楽しみだ。

一年後。環季との祝言は、盛大に執り行われた。

真っ白な白無垢に身を包み、紅を差した環季は、この世のものとは思えないほどに美しかった。

俺の運命の番、俺だけの花嫁。そう考えると、どうしようもなく好きな気持ちが湧き上がる。

「雷蔵さま、どうでしょうか？」

俺を名前で呼ぶたびに、恥ずかしそうに目を伏せる環季が愛おしくて仕方がない。

顔が笑ってしまう。にやけてしまう。

「綺麗だ、環季はいつだって可愛くて綺麗で素敵なのに、今日はさらにその上をいくなんて……好きすぎる」

環季は、何かを思い出したように笑った。

「いつだったか隼斗さまも、たまきさんをそうやって大好きだ〜ってずっと言ってましたよ」

俺は、隼斗と似ていると言われて恥ずかしくなってしまった。

「仕方がないんだ、だって俺は環季が本当に好きだから」

「ふふっ、私も雷蔵さまのことが大好きですよ。絶対に離さないでくださいね」

ぎゅうっと抱きついてくる環季に、心はいつも新鮮な喜びで震える。

堪らなくなり隙をみて口づけると、環季は俺の顔を見てまた笑う。

「雷蔵さま、紅がついています」

拭ってくれる指先をパクッと咥《くわ》えると、「こらっ」と甘い声で叱ってくれる。

そんな俺たちを見ているレンや美狐、狸をはじめとした者たちは、やれやれといった表情を浮かべた。


祝言を取り仕切ってくれるのは、もちろん狸だ。

百年前のあの隼斗とたまきの出来事から、狸は俺をずっとそばで支えてくれていた。

その気苦労、心労は到底計りしれない。自らも家族や弟子を亡くしている狸は、あの時打ちひしがれた俺の最大の理解者だった。

その狸が、泣き笑いながら、皆に酌をして回ってくれている。

今日くらいは無礼講《ぶれいこう》、きちんと設けた狸の席でゆっくり好きなだけ酒を飲んでほしいと言っておいたのに、誰よりも甲斐甲斐しく動き回ってくれている。

今度二人でゆっくり飲もうと、狸を必ず誘おうと決めた。

上等な着物に身を包んだ美狐は環季にあらためて祝いの言葉を伝え、二人が初めて顔を合わせた日の話で盛り上がっている。

あの日の前夜。レンの熱を下げるために、レンを挟んで環季と俺は同じ布団で眠った。そして朝になり、俺と環季が思いがけない出来事によって距離がぐっと近づいたのだ。そこに庭から〝狐の嫁入り〟をして美狐が現れ、環季と初めて顔を合わせたのだった。

修羅場もいまでは良い思い出だが、いまや二人は大親友だ。

その美狐が環季にコソコソと何か耳打ちをしたと思ったら、環季は途端に顔を赤くした。美狐は「可愛い～」なんて言っている。

「美狐、環季に何を言ったんだ？」

「な、なんでもないです、秘密です！」

環季は大慌てで俺の気をそらそうとするが、美狐が横から口を挟む。

「何って。ダイエット頑張ったから、今夜が楽しみだねって……」

「わーっ、だめだって！　ダイエットのことは雷蔵さまには内緒だったんだから！」

今夜、と聞いた俺はいろいろと想像して、顔がカッと熱くなってしまった。

祝言の宴の席には、白蛇も祝いに来てくれている。が、その場のあまりの賑やかさに圧倒されたのか、すぐに帰ろうとそろりと立ち上がったところを、美狐とレンに捕まった。二人は白蛇を挟み、何やら話をしている。居心地がいいのか、白蛇は楽しそうにして時々ニヤッと笑っている。

青行燈の三姉妹は、ほかの使用人たちと協力して宴の席で酒や料理をどんどん運んでくれている。今日ゆっくりできなかった者たちのためには後日、あらためて内うちの祝いの宴を開くことが決まっている。

三姉妹や使用人たちは、その宴をとても楽しみにしているようだ。

雷獣たちも、コロコロと芸を見せて転げ回り、皆を和ませてくれている。

祝いにきてくれた者たちのなかに、環季はある人物を見つけて突然、焦りだした。

「雷蔵さまっ、あの、あの行商の方って……！」

環季が以前『お地蔵さまのような行商のおじいちゃんから、レンと犬飼さまの湯のみを買ったんです』と言って、二つの湯のみを見せてくれたことがあった。

あれはまだ、レンが生まれたばかりの頃だ。それ以来の再会に、環季は驚いている。

「環季には〝見える〟か。あの方はただの行商ではない。あちらの世界、死者の世を治める方だよ」

行商は仮の姿。お忍びで、狭間の世や人の世を回られている。本来の姿は、地蔵菩薩や閻魔《えんま》大王と呼ぶ。

地蔵と閻魔。正反対に思えるが、おひとりなのだ。

こちらに気づいた地蔵菩薩さまは、にこにこと笑顔を向けていらっしゃる。

それからレンに声をかけて、頭を撫でてくださった。

レンもあの御仁の本質を感じとっているのか、正座をしておとなしくしている。

幼かったレンは、あれからすっかり成長した。いまの姿は、環季の言葉を借りると『小学校高学年』というものだ。

自分が風神だという自覚もしっかりあり、昔ほど泣かなくなり、すらりと背も伸びた。

顔つきも精悍《せいかん》さがでて、体つきや心もしっかりとしてきた。血の繋がりはないはずなのに、どこか隼斗の面影もある。

当の本人は『美狐ちゃんのお婿さんになりたい』と言い続けていて、美狐を大いに慌てさせている。

白蛇の店にもしょっちゅう出入りし、摩訶不思議な話をせがんでくると、白蛇本人から聞かされた。白蛇も、まんざらではない様子だ。

先日、レンに初めて天つ神のお務めをする俺の姿を見せた。

屋敷の奥に存在する水鏡が四方八方に広がる間は、狭間や人の世に繋がっている。そこで瞑想《めいそう》に入り精神を世界へ繋げ、力を張り巡らす。水鏡には日本中の光景が目まぐるしく映っては変わるが、その様子にレンは目を回してしまった。

『とうさんは、最初からちゃんとお務めができた？』

レンはいま、俺と環季を『とうさん』『かあさん』と呼んでいる。

『いや。俺もレンと同じく、目を回したよ。しばらく動けない時もあった。これから、少しずつ慣れていこう』

『はい！』

隼斗の仕事も俺がこなしてきたが、いずれレンに任せる日も近いだろう。

そう環季に話をすると、笑いながらも涙を流していた。

地蔵菩薩さまに頭を撫でられるレンを眺めていた環季が、ふと言葉をこぼした。

「……最初はびっくりしたし大変だったけど、この世界に来られて本当に良かったです。私の居場所は、ここだったんだなって」

ほっとしたような、そんな環季の心からの言葉に、俺は強くつよく頷いた。

祝言の最後は、狸の仕切りで三本締めだ。

「それではみなさま！　お手を拝借！」

明るく太く、通る声で狸が音頭をとる。

「いよーおっ！」

盛大な手拍子、空気が一気に引き締まる。

みんなが笑顔で、俺たちの門出を祝ってくれた。


その夜。正真正銘の初夜を迎えた。

昼にはあんなに賑やかだったのに、静かな夜だ。

風呂に入り身を清めた環季が、真新しい寝巻きの浴衣を着て、俺の前に正座している。

俺も先に風呂に入ったが、すでに緊張で汗をかいてしまいそうだ。

「なんか……恥ずかしくなってきてしまいました」

耐えられないと、環季が赤くなった顔を両方の手のひらで覆う。

その仕草、言葉があまりにも可愛くて、俺はくっと奥歯を噛み締めた。

初夜である。

想いが通じ合ってからは、手を繋いだり口づけをしたりして、ゆっくりと触れ合うことに慣れていこうと努力をした。

ただ、そういった雰囲気になってもいつも幼いレンがそばにいるので、気になってしまってなかなか甘い雰囲気にはなりきれなかった。

しかしである。

それまで俺と環季の真ん中で眠り、縦横無尽な寝相をみせていたレンは、祝言を挙げる少し前に若竹のようにすくすくと体も精神も育ち……。

つい数日前、ついに『今日からひとりで寝たい』と言いだしたのだ。

レンに気を遣わせるような雰囲気を、夜に出したことは一切ない。

とにかく情操教育というものを大切にする環季は、健やかにレンが育つことを優先している。

もちろん、俺もそれに賛成だ。だから環季に触れる時は、レンのいない場所限定だった。

いま、レンには自室を与えている。早寝早起きを信条とし、驚きの早さで寝入ってしまっているようだ。

ちゃんとひとりで寝られているか心配した環季が聞くと、『寂しいと思う前に眠くなる』と答えたという。

俺たちはなんとなく、肌を合わせるなら祝言の夜だろうと、口には出さずとも通じ合っていたと思う。

今夜もレンは、誰よりも早く「おやすみなさい！」と言って自室へ行ってしまった。

つまり天変地異でも起きない限り、今夜この部屋には誰もやってこないのだ。

小さな灯りだけをつけた部屋は、やたらと静かに感じる。

俺の隠しきれない興奮が、荒い鼻息になって聞こえてしまったら。環季とひとつになりたいという欲が、ぎらぎらと瞳に現れてしまっていたら。

そう考えるだけで動きだせず、大きな体をもじもじとさせてしまう。

そんな時にたてる衣擦《きぬず》れの音にさえ、環季はびくりと肩を揺らして反応している。

お互いが正座をしたままの、膠着《こうちゃく》状態。

こんなことではいけないと、ついに俺は口を開く。

「もう少し、そばに寄ってもいいだろうか」

勇気を出して声をかけると、環季は顔を覆っていた手を外した。

赤らんだ頬。潤む大きな瞳が揺らめく。薄く開いた唇が扇情的で、ぐらぐらと理性を揺らした。

「はい……」

やっと喉から絞り出したような声で、環季が答える。

少しだけ距離を詰めると、環季の深紅の瞳に俺の上気した顔が映る。

膝に置いている、環季の手をとった。握り締められていた白い手は、しっとりと汗ばんでいる。

俺も同じだと伝えたくて、手を握る。環季はそれを察してくれたのか、小さく、ふふっと笑った。

「雷蔵さまも、緊張しているんですね」

「大好きな環季との二人きりの夜だ。レンが自室をもった数日前から、毎晩こんなだったよ」

正直言えば、朝まで眠れない日もあった。

環季が眠れないでいるのを、わかっていたから。

「……私もです。私も、ずっと緊張して……でも触れてほしくて……」

「俺もだよ……ずっと環季に、もっと触れてみたかった」

同時に、お互いを抱き締め合う。

まるい額、熱い頬、こめかみに口づけを落とすと「じらさないでください」と環季が可愛い唇で言葉を紡ぐ。

俺の頬に手を添え、環季が唇を合わせてくる。

堪らなくなって、俺からも噛みつくように口づけた。

吐息をもらす環季の体から、湯上がりのいい匂いがする。

背中に回された環季の手が、俺の愛撫《あいぶ》に反応して浴衣を強く掴んだり、さまよわせるさまが情欲を煽っていく。

細い首筋に舌を這わせ、軽く噛みつく。

環季は、俺の心臓をきゅうっと締め上げるほど可愛らしい声を上げた。

浴衣の合わせをそうっと開くと、環季の新雪のような真っ白い肌が晒される。

手のひらで触れると、体温は熱く、吸いつくようにしっとりとしている。

「……っ、んん……雷蔵さまの手のひら……あつい」

環季は甘い息を吐いて身をよじり、小さな声で切なく俺の名前を呼ぶ。

脳がたちまちに痺れ、堪らなくなって生唾を飲む。

「……脳が焼き切れそうだ。環季のことしか考えられない。口づけて、舐めて、しゃぶって、心も体も環季のすべてを食らってしまいたい」

環季に触れていた手を離し、俺は身を起こして、印のある環季の足に触れた。

「初めて花畑で環季に会った時……俺が、ずっと会いたかったと言ったのを覚えているか？」

滑らかな素足に舌を這わせ、足首を環季から見えるように持ち上げる。

「あっ……はい……っ」

「あの時、本能はわかっていたんだろう、環季が俺の花嫁だと。環季のすべては、俺のものだ……誰にも渡さない」

足首に浮いた巴紋に何度も口づけ、軽く歯をたて、熱に浮かされたように頭に浮かぶありったけの愛の言葉を紡ぐ。

「……っ、私だって、誰にも雷蔵さまを渡したりしません」

「ああ、環季のそばから俺を離さないで、お願いだ」

懇願と願いを込めて、もう一度環季の痣に唇を落とした。


障子を通して、柔らかな光が部屋に差し込みはじめた。

まぶたの裏が明るくなり、目を覚ました。

まるで昨夜の濃厚な睦合《むつみあ》いなどなかったかのような、清浄な空気に満ちている。

「……朝か」

布団から身を起こすと、環季を起こしてしまったようだ。

「……雷蔵さま？」

薄く目を開けた環季が、朝の光にもう一度目を閉じた。

「おはよう、環季。まだ寝ていていい、今日はゆっくりしてくれ」

無理をさせた自覚はある。理性というブレーキはぎりぎり働いたが、それでも想像していたより歯止めがきかなかった。

抱き潰さなかったのが不思議なくらいで、環季の柔らかな肌や、とろけるように熱い最奥を知ってしまったいま。早くまた夜になってほしいと浅ましくも願ってしまう。

「体、大丈夫か？」

主張しはじめた己の欲を必死になりながら隠し、あらわになった細い肩に布団をかけ直すと、環季はニコッと笑った。

「もう少しだけ、雷蔵さまもお布団に一緒にいてください」

両手を広げ、俺を誘う。

「で、でも、もう朝だ」

「神様は、朝はもう……奥さんと抱き締めあったらだめなんですか？」

奥さん、俺の奥さん。狭間の世で一番綺麗で可愛い、俺の奥さん。

……そんなの、そんな魅力的な誘い、断れるはずがないじゃないか。

エピローグ

私がこの狭間の世にやってきてから、ずいぶん時間が経った。

体はすっかりこちらの世界の時間の流れに馴染み、来た頃のように夜が長いと感じることはなくなっていた。

人の世での私に関する記憶は、次第に薄れ完全に忘れられると雷蔵さまから聞いている。

心配してくれたであろう村の人たちがずっと気がかりだったので、一日でも早く私を忘れますようにと祈っていた。

私たちの見た目はあまり変わらないけれど、レンは立派な青年の姿になった。

黒髪や黒い瞳は変わらずだけど、妖の娘さんたちには『黒曜石の瞳』なんて言われてモテているらしい。

雷蔵さまと対になるような逞しい体つきで、刺青に似た梵字は隼斗さまと同じところにしっかりと印されている。

笑った顔は幼さが抜けず可愛らしいが、もうきちんと風神のお務めをこなしている。

自慢の、私たちの息子だ。

——でもただひとつ。雷神である雷蔵さまとも、元風神である隼斗さまとも違うところがあった。

その真相を確かめるために、雷蔵さまと私は青い花が咲くタイミングを待って、二人で人の世の、私の故郷へ行くことになった。


耳をつんざくような蝉《せみ》の大合唱と、青草の匂いがする気持ちのいい風が吹き抜ける。季節は夏だった。

久しぶりの人の世で、私はすぐに驚きの光景を目にする。

私が人の世で最後に過ごした懐かしい山の社は朽《く》ち果て、幾重もの緑に覆われていた。その様子を見て、人の世ではとても長い時間が経っていることをこの身で感じた。

人が生活を営む、気配が薄い。

「……これって、社は人に管理されていない状態ですよね……いったい人の世では、どのくらいの時間が経ったんでしょうか」

遠くまで見渡した雷蔵さまは、頷いた。

「……たしかに、かなり長い時が経っているように見える。日々行っている雷神のお務めでは、ここまで細かく見ることはできなかったが……これは」

「社も神社も、私が狭間に行くまでは古いながらも綺麗に管理されていたんです。なのに、どうして」

もっと確かめてみようと社がある山を下りても、人の気配はなかった。

かつて私が育った故郷は……すべての田畑が荒れ果て、道はひび割れ、その隙間からは青々と雑草が茂っている。

私たちは、人の気配を探りながら歩く。

民家はあるが窓ガラスが割れていたり、もはや崩れている家もあったりして人が暮らしている様子はまったくない。

人の営みがなくなってから、数十年は経っているように見える。

祖母と暮らした集落の廃退した風景に、歩く私の足は止まってしまった。

集落は、すでにもう息を止めてしまったように見えた。

「……私が神事を執り行った時、集落の方々はみなさんお年寄りばかりでした。一番若かった相田のおばさん……私がとてもお世話になった方も、六十歳を過ぎてました」

当時ここに暮らしていた人たちの子供世代は、みんな街へ出て就職や結婚をしていた。戻ってきた世帯は、私の知る限りではなかった。

そういえば……あの神事の時、みんな今回が最後かもしれないという雰囲気だった。

「雷蔵さま……」

「……ここは、集落としての役目を静かに終えたのだな」

何も言えなくなってしまった私の手を、雷蔵さまは優しく握ってくれた。

それから、私たちは山の麓にある祖母と母が眠る場所に、お墓参りに向かった。少ししか綺麗にできなかったけれど、茂った雑草を抜いて、そっと手を合わせた。

〝はるおこし〟の神事で、天つ神様である雷神様のもとに、本当に行ってしまったこと。レンというかわいい赤ちゃんを、立派な青年に育て上げたこと。隼斗さまとたまきさんの、切ない恋のこと。そのたまきさんが、私のきょうだいだったということ。

そして何より。いま私は狭間の世でみんなに良くしてもらって、とても幸せに暮らしているということを報告した。「だから心配しないでね」そう言った私の言葉に続けて、雷蔵さまは「一生、環季のそばにいて守り続けます。安心してお眠りください」と言ってくれた。

互いに胸をじんと熱くして、私たちは墓所をあとにした。

狭間の世に戻るには、またあの社まで戻らなければならないという。

まるでポストカードのように切りとられた、自然豊かな日本の夏の風景を眺めながら黙って歩いた。

蝉の声がやたらと大きく響く。

人がいなくなった集落は、自然に飲み込まれていた。

この集落にはもう、人は戻ってはこないだろう。神事のことは、次の世代に伝えられたかもしれないけれど……執り行われることはないだろうと予想される。

そんな予感は、ずっとしていた。

狭間の世に龍の花嫁がやってくることは、きっと二度となくなったのだ。

——これで、レンには印が……運命の番と対《つい》になる何かしらの印がない理由がわかった。

「……レンに運命の番の印がないのは、やっぱり次の〝はるおこし〟がなくなるからでしょうか」

雷蔵さまは、少し考え込む仕草を見せる。

「それもあるとは思うが……レンの場合は、違う理由があるかもしれない」

「違う理由、ですか?」

「次の〝はるおこし〟が執り行われないから、体が完全体になっても印が体に浮かばなかった……そういった要因もあるだろう。しかし、あの子の場合は……長い間、ずっと心に決めた相手がいるからかもしれない」

私は、雷蔵さまの言うことに頷いた。

「レンは、印を気にせず好きな人にもっとアプローチしてもいいってことですよね。レンには運命の番はいなかった。でも、レンが自分で決めた運命の相手はいる」

本来、博愛であるはずの神が、幼い頃から想い続けているたったひとりの相手がいる。

以前レンから、運命の番の印について話を聞きたいと言われたことがあった。

これから印が体に浮かんでくるのか、運命の番に出会ってしまったら、大好きな人への気持ちは忘れてしまうのかと。

悲痛な表情に、私は雷蔵さまと相談して〝はるおこし〟を執り行う集落の様子を見にきたのだ。

「……レン、あんなに小さかったのにな。もう嫁取りをするのか」

「逆ですよ、婚姻を結ぶならレンがあちらに婿入りするんです。ずっと自分で『婿入りしたい』って言ってるじゃないですか。なんにせよ、無理強いはいけません」

「そうだったな、子供時代からレンはいつもそう言って美狐を困らせてた」

「レンは子供でしたからね。でも最近は、二人で出かけたりして楽しそうです。脈アリだといいなぁ」

私は振り返って、もう一度故郷の風景を目に焼きつけた。

もう二度と、戻ってはこないだろうと。

「……さあ、帰ってレンに話をしてあげないといけないです。それに、私も聞いてもらいたいことがあるんですよ」

「ん？　どうしたんだ？」

「無事にレンの手が離れて、安心したんでしょうか。そろそろ雷蔵さまの子供が欲しいと思ってしまって……そのお話も二人でしたいなって」

いざ、こうして言葉にして伝えるのは照れくさかったけれど、タイミングはいまだと思ってしまったのだ。

「こ、こど、子供か！　うん！　そうしよう、子供をつくろう！」

雷蔵さまはひょいっと私を抱き上げて、草だらけの田舎道を社へ向かって走りだす。

人っこひとりいないからって、「やったー！」なんて叫ぶなんて。

私はすごく嬉しくなって、雷蔵さまにしがみついて大笑いする。

ドタドタと私を抱えて走るさまから、雷蔵さまの嬉しい気持ちが伝わってくる。

雷蔵さまの子供が欲しいって、いま言えて本当に良かった。

雷蔵さまの声と、私の笑い声。二つがまじって、集落の高く暑い青い空に溶けていった。

それからしばらくして。

お屋敷に、行商の姿をした地蔵菩薩さまがいらっしゃった。私たちに、何か知らせたいことがあるという。

応接間にお通ししようとしたが、いつもどおりにてきぱきと玄関先でお店を広げてしまわれた。

使用人のみなさんがわいわいと集まって賑やかになるなか、私たちは少し離れた、玄関先からは見えない場所にちょいちょいと手で招かれた。

行商のおじいちゃんが、地蔵菩薩さまだということはみなさんには内緒だ。

私と雷蔵さまはおじいちゃんと世間話でもするふうを装って、広げられた品物の間を足元に気をつけながら一緒に通り抜けた。

「この間、人の世に行ってきたよ」

開口一番、地蔵菩薩さまはそう言った。

地蔵菩薩さまは、こうして狭間の世に来るだけではなく、人の世にも行き来するのだと雷蔵さまから聞いていた。

「そうなのですね。お疲れさまです」

いやいや、とにこにこしている。

「それでな、街で隼斗とたまきを見かけたんだ。だから、これは二人に知らせてやらなきゃと思ってな」

「それは本当ですかっ！」

雷蔵さまは声を上げて、ああ……と言葉をこぼす。

両手で顔を覆い、上を向いた。

「ああ、知らせにきて良かった。二人とも、ちゃんと人に生まれ変わっていたよ、姿形はここにいた頃と同じだった。子供を抱いていたが、隼斗はあの体つきだろう？子供がちっちゃく見えてな。たまきは楽しそうに……大きくなったお腹を抱えて、笑っていたよ」

笑い合う二人と小さな子供。そしてお腹にはまた、新しい命が宿っている……その姿を想像したら、涙があふれてきてしまった。

「すみませーん」と玄関先から声がして「はいよ」と言った地蔵菩薩さまは、そちらに向かってゆっくりと歩いていく。

「ありがとうございます……ありがとうございます！」

雷蔵さまが頭を下げる。私も一緒に、お礼を言い頭を下げた。

二人きりになると、雷蔵さまは優しく私に抱きついてきた。

大きな体を震わせて、「良かった」と繰り返す。

私は広い背中に手を回して、ゆっくりとさすった。

じわじわと嬉しさが込み上げてくる。

「本当に、良かったです。二人は再び一緒になれたんですね。子供もいたって！」

雷蔵さまは顔を上げた。濡れた目元もそのままに、キラキラと表情を明るくする。

「ああ、子供が二人も……きっと生意気で可愛い顔をしている。しかし隼斗には、先を越されてしまった」

涙で潤ませた金色の瞳が細められ、大きな手が私の膨らんだお腹を愛おしそうに撫でる。

「雷蔵さまも、すぐに赤ちゃんに会えますよ」

「そうだな。生まれてくるのが楽しみだ……早く、元気な顔を見たいよ」

雷蔵さまの優しい手に反応するように、赤ちゃんがお腹のなかでぐるりと動いた。

了

あとがき

お久しぶりの方も、はじめましての方も、この本を手に取っていただきありがとうございます。木登《きのぼり》です。

マーマレード文庫様では、五冊目の作品になります。

『雷神様にお嫁入り～神様と溺甘子育てを始めたら、千年分の極上愛を降り注がれました～』今回は、自身初の和風ファンタジーです！

和風ファンタジー、読むのは大好きなのですが、なかなか自分では書く機会がありませんでした。

今回はその機会をいただき、担当様や編集部様と世界観を一から作っていきました。

神様に嫁入り、子育て、運命の番など、作中はわいわいと最後まで盛り上がり、書いていてとても楽しかったです。

また機会をいただけたら、雷蔵と環季の赤ちゃんのことや、レンと美狐の恋のお話など書けたら嬉しいなと思います。

そして、美しいカバーイラストをCiel先生に担当していただきました！

雷蔵の綺麗な金色の瞳に落ちるまつ毛の影、環季のお着物の繊細な柄や雛の様子……ため息が出るほど隅々まで細やかに描き込まれていて。

カバーイラストをいただいて、しばらく魅入ってしまいました。

本当にありがとうございました！

この作品を執筆している間、体調不良で担当様や編集部様に大変ご迷惑をかけてしまいました。

それでも見捨てず、根気よく、細やかな配慮をしてくださり心からありがたいと思いました。

作者、担当様、編集部様はチームだと日頃から思っているのですが、今作はまさに一丸となった作品です。

雷神様と運命の花嫁のお話、楽しんでいただけたら嬉しいです。

木登

マーマレード文庫

雷神様にお嫁入り

～神様と溺甘子育てを始めたら、千年分の極上愛を降り注がれました～

2023年11月15日　第1刷発行　定価はカバーに表示してあります

著者　木登　©KINOBORI 2023
発行人　鈴木幸辰
発行所　株式会社ハーパーコリンズ・ジャパン
東京都千代田区大手町1-5-1
電話　03-6269-2883（営業）
0570-008091（読者サービス係）
印刷・製本　中央精版印刷株式会社

Printed in Japan ©K.K. HarperCollins Japan 2023
ISBN-978-4-596-52946-6

m a r m a l a d e b u n k o